U0541735

乡村词典

蒲素平 著

河北出版传媒集团
花山文艺出版社
河北·石家庄

图书在版编目（CIP）数据

乡村词典 / 蒲素平著. -- 石家庄：花山文艺出版社，2023.12
ISBN 978-7-5511-6922-6

Ⅰ．①乡… Ⅱ．①阿… Ⅲ．①散文集－中国－当代 Ⅳ．①I267

中国国家版本馆CIP数据核字(2023)第229425号

书　　名：	乡村词典
	XIANGCUN CIDIAN
著　　者：	蒲素平
责任编辑：	梁东方
责任校对：	李　伟
美术编辑：	陈　淼
出版发行：	花山文艺出版社（邮政编码：050061）
	（河北省石家庄市友谊北大街330号）
销售热线：	0311-88643299/96/17
印　　刷：	石家庄燕赵创新印刷有限公司
经　　销：	新华书店
开　　本：	787毫米×1092毫米 1/32
印　　张：	8.5
字　　数：	170千字
版　　次：	2023年12月第1版
	2023年12月第1次印刷
书　　号：	ISBN 978-7-5511-6922-6
定　　价：	30.00元

（版权所有　翻印必究·印装有误　负责调换）

自序：返回西东

一

一个人在外游逛久了，就得返回，对于我，就是返回我的出生地南西东村。

更多的时候我不说南西东，显得太见外，而说西东。一说西东，心里顿时觉得亲切起来。

在西东，我是一个没有年龄的人，岁月只是一种感觉，就像说时间不过是一种运动方式。在西东，注定我是用一生走在回家途中的人。曾经太多的可能和永久的一成不变，不过是投射到精神上的一种镜像。在不断的走出、返回、走出、返回中，我完成了父亲、祖父循环的一生。

返回西东，先穿过一条东西走向的小河，河水太浅，太细，看得见河底细泥和流沙。有放牛的老头在河边抽烟，看天，有鸟在天空飞，间或落在牛背上。

这些你不必管，当然打个招呼也行，反正老头不在乎这些，自顾自地抽烟、看天。至于天上有啥？我也说不清。

打过招呼，然后挽起裤管蹚过去即可，河里没有鱼，鱼已被当年的孩子们捞完了。

过了河，是一片茂盛的玉米地，我的爷爷、父亲曾在此埋头劳动，汗水滴进干涸的土里，刺啦一声，消失了。像我多年后的想法，常常在黎明之前，呼一下消失得无影无踪。不知道这些想法，是否真的存在过。

比如这条小河，现在早已没有了，只是留在我的记忆深处，我有时甚至怀疑我的记忆出了问题，虚构了一条河。

实际上，我真是一个喜欢虚构的人。

如果恰好我正仰起头看天，就会看见一些白云在空中飘动，那是有人家把刚摘下的棉花晒在了天空。西边的棉花厚些，南边的棉花薄些，疙里疙瘩的不规则。低头赶路时，一条黑狗跨过一个土坎子走来，慢慢悠悠地，脚上带着露水和野花的香味。我也不急，和狗并行了一段之后，拐过几棵一抱粗的大杨树，就接近了西东，这个古老又新鲜的平原小村。村西口那几棵大树，以陌生的样子，错落地站在熟悉的地方，正在等待一群鸟飞来，落在枝头鸣叫。

西东的鸟多，成群结队或三三两两或单个，走来走去，飞来飞去，忙忙碌碌或无所事事。

照在地上的树荫，像是树睡着了做的梦，斑斑驳驳，虚虚实实，真真假假。茂盛的枝叶不时晃动几下，风一来，就再晃动几下。如果是冬天，光秃的枝杈沉默着，像被老师叫到讲台上背不出课文的孩子，以少有的低眉姿态站在那里，兀自悄悄扭动几下身体，做个鬼脸。

下面的干草，笑得乱七八糟，东倒西歪。

晚饭必是在院子里吃，摆放了地桌，坐在小板凳上，一家人说着杂七杂八的话。天黑不透不点灯，灯，是煤油灯，像路边坡上开出的野花，小小的脑袋晃动着，照不出三米之外。

三米之外，是空洞的黑世界。

我喜欢夏天，可以睡在房顶上或院子里。抬头看星星，星星多而遥远，眨着眼不语。我也不语，半旧的天空，顿时空荡荡起来。

好像整个天空都是我的了。

早晨，在一阵咳嗽声之后，卖豆腐的梆子声响起，吱呀一声，有人推开柴门，从墙院里探出头看看。之后不久，端了半碗豆子，走到卖豆腐的车子前，竟自掀起盖在豆腐上的白布，把鼻子向前凑，用力吸几口豆腐的清香味，很是享受。

卖豆腐的人，一副见惯的样子，再敲几声梆子，抓起秤盘子，呼啦一声，把豆子倒在秤盘子里。

一桩生意做成，各自满意。

上学的孩子醒了，揉着眼睛，他们即将进入自己的读书生活。不读书的孩子还沉浸在自己的梦里，在梦里，他们在起起伏伏的田野上奔跑、跳跃，如果他们能变得更小些，他们的身体就会更轻盈些，就和一些鸟儿没有什么区别了。

此时，一个人从另一条宽一些的小巷走来，低着头，迎着风。

是的，那个人就是我。

我从远方回到了西东，小巷里曾经留下的脚印里长出了青草和时间。可是，多少年后，岁数一大把了，可我依然说不清时间是个什么东西。

而时间，在西东依旧新鲜，比如此刻，我抬起头看见新升起的太阳，带着新鲜的红，射出新鲜的淡淡的光。

这是一个无风的晴朗的好天气，我回到了西东。

二

我有着漫长的生长过程，像田野里泛起的浮土。

即便我写下一本书，觉得还是没有写出我的过去，这真是一个悖论。

我的过去平淡又丰富，常常令我无处下笔。

我出生在华北平原古赵国一个叫南西东的村庄，还有一个叫北西东的村，但两村距离太远，远到我从没有去过。好像那个北西东，和我们这儿的南西东不是一码事。我们说西东时，西字发音短，好像西与东紧紧贴着，像红薯埋在地下，红薯与泥土中间没有一丝缝隙。

我是一个粗糙的孩子，除了糊里糊涂地活着，好像对什么也不太在意。我能想起的最初记忆，是四五岁的样子，一天在小巷里玩，被邻居，一个我喊大伯的人拉着排子车轧了脚，疼得我哇哇大哭。这大约是我记起的第一次大哭，以前肯定也哭过，不好意思，我真的记不清了。

疼痛感，据说是一种特别的感受。

后来我十岁那年，被驴踩过一次，忽的一下，一团火从我的脚背上升起。但我没哭，有啥好哭的，不就是疼呗，在我稍大些时，单纯的疼已被我这个乡村少年忽略了。

每天就是疯跑，突然一天要上学了，西东没有幼儿园，只有一个娃娃班，我就去了娃娃班，在大队油坊里。学了啥？一点儿印象也没有了，唯一能记起的就是大家把铅笔的笔念"bei"，觉得念"bi"的话，就是流氓。上着上着娃娃班突然让我们搬进学校和一年级合并了，这样在没有思想准备的情况下，我成了一名小学生。正当我不知道如何当一名小学生时，突然唐山地震了。我不知道唐山在哪儿，但我知道我刚成为小学生，唐山就地震了，我不知道这有什么关系？

上小学了，依然是疯跑，一看大人在家，蹑手蹑脚走出家门，撒腿跑到大街上。等疯够了要回家，心里顿时一沉，悄悄溜回家，大人看见又是一顿训斥，吃饭也不知道回家，还让大人喊吗？

经常有大人站在家门口，甚至站在房顶上喊家人的名字吃饭，拉着长调，在村子的上空穿行得很远。那时候村子比较低，上方空旷，空气中杂质也少，一个并不大的声音就能传得很远很远，那是一缕炊烟就能穿破整个天空的时代。

其实，在家玩也不行，大人看着烦，也常被训斥。那时候的大人脾气都不好，男人训女人、训孩子，女人训孩子，大孩子训小孩子，小孩子训狗，狗没办法了只好去追鸡，鸡就展开翅膀乱跑一气或一跃而起直接飞到树上、房顶上。看到一个人从树下走过时，树上的鸡会突然拉屎，啪叽一声，落在路过人的头上。人大怒，用脚踹树，鸡惊叫而飞，那时的鸡大多会飞，不像今天的鸡，大多一生只待在一个不可转身的笼子里。

鸡扑棱棱地飞，飞高、飞低、飞远、飞近。

等吃饭了，端着碗到大街上吃。如果锅里有豆子或者是面汤，就会用勺子或者木头马勺，捞豆子、捞几根面条，一边捞一边看有没有人来，要是大人见了，免不了几声训斥。面条里一定是掺着晒干的萝卜条，以假乱真。萝卜条发甜，吃起来口感差。

小学三年级那年，一场雨后，轰隆一声，教室屋顶的后半部分塌了下来，幸好是晚上，没伤到人。等第二天我们到学校，眼看要上课了，同学们也没地方去，就钻到教室的前半部分，老师来了，就这么上课。教室后方露着天空，我常常好奇地回头，看天空云朵飘动。

几天后，修好了的教室，看不到天空的云彩了，我觉得上课都没意思了。

我学习不好也不坏，基本没挨过批评。只有一次，同桌拿来一本教学参考书，我在做作业时，遇到一道题不会做了，直接把答案抄上去了。第二天，老师让我到黑板前当众去做，我哪会啊，吭哧半天也做不出，老师拿着板擦敲着我的头说，你啊你啊，你说，是不是抄的答案？

我说，是。我低下了一颗造假的头。

从此以后，不会做的题，宁可空着，也不抄答案了。我是个知错就改的好孩子，直到今天，我的原则依然是不说假话，但因为不说假话，吃过不少亏，但习惯了也就无所谓，现在几十年过去了，更没必要说假话了。

十岁那年，我家拆掉三间老南屋，到村东盖房。我和哥哥用排子车拉土，就是把老屋的土坯、旧土，拉到新房子处，让旧土成为一个新房子的地基，让昨天成为今天的地基，今天成为明天的开始。我和哥哥用铁锨一下一下往排子车上装土，尘土飞起，月光升起。

我和哥哥一人驾一趟车辕，我张开两臂，手刚刚能握住车辕，两臂张得像树干一样平。在月光下，我们俩人拉着排子车，咕噜噜走在坑坑洼洼的大街上。

大街上已经少有行人，我们低头，弓腰，拉着排子车努力走着，虽然慢，但没有停息。一直走，咕噜噜咕噜噜，一点儿一点儿走出西东，走出县城，越走越远。

当有一天，我回到西东时，突然想到了我拉排子车低头行走的样子。低着头，张开双臂，试图再一次拉起排子车。

我久久地低着头。

我触摸到了一种虚无，一种时间的虚无。在这种虚无里，我拿起笔，试图记录下，我在西东时岁月的断切面。哪怕是一堆破砖烂瓦，一片风雨交加。

如此，让一个时代的灰尘模样得以蓬头垢面地再现，也好。

目 录

B	奔跑	1		冰棍	6
	乒乓球	3		冰凌	9
C	草丛中读书	11		穿皮鞋的人	18
	唱歌	13		村东口的一棵树	21
	吃饭快的人	16			
D	大葱	25		稻草人	40
	打夯	28		灯	41
	大门	30		灯光	44
	打农药	34		豆子	46
	担水	37			
E	二胡	49		二月二	54
	二重	52			
F	放蜂人	57		风吹麦浪	60
	焚书	59		疯子老路	63
G	盖房	67		供销社	76
	干粮	72			
H	韩家兄弟	79		薅草	85
	韩真增	82		和父亲一起下地	88

J	家门口的河	91	借	95
	浇地	93		
K	看电视	99	看汽车	104
	看电影	102	看夜	107
L	拉耧	111	老钟又活了	123
	拉手	113	雷声	126
	老牛	115	邻居韩铁匠	128
	老师们	117	驴	130
	老鼠	120		
M	茅山	135	木凳	140
	磨镰刀	138		
N	南山	143	鸟群从头顶飞过	145
P	苹果	147		
Q	雀蒙眼	151	去邢台	152
S	山药	155	收秋	164
	石匠和石头	158	睡不着的人	168
	十字路口	161		
T	太姥姥	171	跳骚	181
	蹚水	174	听收音机	183
	天上的云	177	通向茅山的路	185
	甜草根甜了	179	土坷垃	188
W	玩火	191	我听见了玉米生长的声音	200
	王小计	194		
	我家的狗	197	五保户老翟	202

X	戏台子	205	瞎子二小	207
Y	哑巴	211	一场风	219
	养兔子	213	一座寺庙	221
	养猪	215	有病的人	224
	一块石头	217	雨雪声	226
Z	在一场雨里跑	229	抓知了	239
	铡草	230	砖窑	243
	照片	233	捉迷藏的孩子	245
	针灸	234	自行车	248
	芝麻	237		

跋：村庄的灵魂　　　　　　　　　　　　　　252

奔　跑

　　我是一个喜欢奔跑的人，有一种前进的快感。一部电影里，有一个叫阿甘的人，也喜欢奔跑，我想他也和我一样，是在享受前进的快感吧。

　　我从小个子不高，但跑得快，腿不粗，但有力，爆发力好，耐力好。我几乎没见过比我跑得更快的人。除了后来考体校那年，见到一个叫刘红军的运动员，在跑八百米时，我没能跑过他。

　　我从学会走路后就开始跑，超过三米的路，就要跑，没有走的耐心。一直到现在，多少年过去了，我还是一个缺少耐心的人。

　　天黑下来，吃过饭，放下碗，趁父母不注意，蹑手蹑脚地溜出大门，撒腿飞一般跑向大街，生怕跑得慢了，被人喊住。在学校也是如此，下课铃声一响，老师第一个走出教室，我准是第二个跑出教室，撒腿就跑向厕所，总是全班第一个跑到厕所的人。有时到了厕所门口，发现并不想上厕所，就转身向操场跑去。

　　跑的时候，并不看别人，我在享受跑的快乐。

放学后，撒腿就向家里跑，好像家里有啥好吃的等着我，花书包在屁股上一颠一颠，发出咣当咣当的响声。到家把书包往炕上一扔，转身又向外边跑。跑到八队牲口棚的墙头下，那墙头特别长，黄土夯实，高两米。我们几个伙伴排着队翻身上去，在上面飞跑，墙头有高的地方，有低的地方，靠近房屋的地方最高，跑到此处，我一个上蹿就上了房。从房顶的一边大步跑到另一边，呼一声，跳到另一个墙头上，然后立即一个下跃，从墙头跳到地上，从地上爬起来，再跑着上到另一个墙头上。继续跑，连贯，不停息。

跑啥呢？多少年后也没搞明白。就是喜欢跑，在大街上跑，比狗跑得都快。

喜欢在墙头上跑，跳下来又爬上去，乐此不疲。在墙头上跑，不能看脚下，眼睛看远方，顺便看看前方的墙，这样不眼晕，不会摔下。

在墙头上跑，有种飞翔感。飞起来，是我心中的一个梦想，也是许多小伙伴的梦想。

除了跑，我也是一个安静的孩子。

七队机井房离村有一段距离，有三米多高，没有梯子。我和振发光着脚，抠着墙缝的砖向上爬，三五下就爬到了房顶。房子旁边正好有一棵大树，就躺在房顶的树荫下聊天，有时坐在屋檐上，两条腿悬在空中，一下一下晃荡着聊天。有时啥也不聊，就干坐着，看着远方，看着地里的庄稼或者听树上的蝉鸣。

看日出日降，月升月沉，看风一点点刮来又刮走，几片树叶翻卷着落下，被走过来的人、狗、牛踩在脚下。

两个小孩在房檐上坐着，腿一下一下晃荡着，时间似乎停止了，又似乎咔咔地独自行走着，从没有停息。

唯有此时，我忘记了跑，我在遐想或者说啥也没想，一味地一下一下晃荡着腿，不知时间正在钟表上咔咔地走失着。

乒 乓 球

乒乓球是个好东西，拿在手里又白又轻，抛在空中，像飞起来的雪团，落在地上，不碎还弹跳起来，一下又一下，越跑越远。

从小喜欢打乒乓球，学校有两个水泥乒乓球台子，西东叫案子。在学校的第一进院里，东一个西一个，西边的案子下面用砖砌了，是实心案子，东边那个上边是两块水泥板，下面是六个腿，腿用砖砌成一个柱子形状。旁边是一棵一人粗的大树，大树上挂着一个大铁钟。我一直担心，大铁钟会不会突然落下来扣在谁的头上。但大铁钟终究没有落下过，让我白白担心多年。

上下课的时候，一个老师慢悠悠走过来，解下系在大树上的绳子，眼看着另外的地方，当当当当地敲起来。下课是一下一下敲，敲一下，停一下，再敲一下，上课是两声两声敲，一声赶着一声，听着就让人着急，一听就想跑。

下课后，呼啦就有一群同学围过来打乒乓球，案子上立着一排半截砖头当网。学校就一副乒乓球拍，一般是校长和老师用的，我从来没有用过。我们打球就用书当拍，但书毕竟不够硬，弹性不够，拿起来不得劲，打起来效果不够好。就有同学找大人用三合板做了一个拍子。不好求大人的，就自己四处找旧木板，然后用刀子削出一个奇奇怪怪的拍子。

下了学，星期天，凡有时间，大家都来玩乒乓球。我的对手只有盛平、李云几个人。盛平是一个高个子的瘸子，左胳膊先天小儿麻痹，打球时，他先是用右手把球抛起来，然后再打出，看起来十分潇洒。

一次，我和李云到南路供销社去买乒乓球，南路是公社，有个要啥有啥的大供销社，有两个穿着洋气的女售货员。每次去买东西，女售货员都是一副爱搭不理的样子。想想也是啊，人家搭理我们几个八九岁的孩子干吗？但这次不一样了，我们有了一毛钱，就放在李云的裤兜里，这给我们俩许多信心。我们踮起脚，看到了柜台里几个白色的滚圆滚圆的熊猫牌乒乓球，躺在一个大盒子里，互相拥挤着。我和李云互相看了看，我突然张大嘴说，买一个乒乓球。我的声音之大把自己都吓了一跳。

说完，声音嗡嗡地在屋子里旋转。

这么大的声音，肯定把那个穿着洋气的女售货员也吓一跳，她竟然走过来看了我们一眼，把乒乓球给我们拿过来放在柜台上。乒乓球顺势滚了下来，我看到李云把一毛钱递过去，就赶紧弯腰去追滚远的乒乓球。我俩拿了球，飞也似地跑走了。

李云父亲在外公社当老师，后来给他买了一副带黄色海绵的乒乓球拍子，打起球来，声音清脆，十分好听。李云十分爱惜自己的拍子，一般从不扣杀球，爱打和平球，推来挡去半高不高的，主要是怕球拍弄坏了，这样，我在用的时候，也不好意思用力扣杀，但机会特别好时，也会悄悄手下加力。

李云在一旁看时，就是一副心疼的样子，嘴里发出哎呀哎呀的声音。

这天中午，大太阳毒辣辣的，我依然在打乒乓球，突然一晃，晕倒了，眼睛像看在棉花上，软绵绵的。李云吓得脸都白了，我想说，这有啥怕的，但突然有无力感，只是张了张嘴，没有发出声。

正好我堂叔扛着铁锹走过来，看见是我晕倒了，把我背到树荫下。从兜里拿出一毛钱给了李云，让李云到卫生室买了一包仁丹，堂叔把仁丹放在有点儿脏的大手里，直接捂进我的嘴里。过了一会儿，看我好些，把我背回了家，让我闻了一路的汗味。

从此，我就落下一个在太阳底下干活儿久了就头晕、恶心的毛病。这毛病长时间跟随着我，直到从野外工作调回来后，才慢慢消失了。

打乒乓球的喜好却保留了下来，是我现在唯一的爱好，自以为打得不错。一次去省图书馆找朋友玩，朋友正约了几个人打乒乓球，我就玩了两把。一玩才发现，人与人是有差距的，我被所有人杀得狼狈不堪，其中有两个女同志。

看来有的事哪怕是和女生比，也是有差距的。

冰　棍

西东有了冰棍厂，这真是一件让人高兴的事，我一边对小计说，一边吸溜着鼻子挥着手，好像从此就可以随便吃冰棍了一样。

冰棍厂就在六队的机井房里。那里有三间房子，平时除了是机井房，还给看菜园子的人住。

六队的机井房在村东北，离村四五百米，周围种着许多大杨树，我去过几次，每次到那里都有陌生感，感觉六队的人看我们的眼神不友好。当然，我们一般也不干啥好事，除了瞎玩就是捣乱，要不就是偷个葱啊茄子啥的，也确实让人烦。

有了冰棍厂，当然要多去了。从那里买冰棍便宜，一分五一根，外边都是二分钱一根。我和振发就常常凑三分钱去买两根冰棍，然后一人一根，吸溜着往回走，往回走的路上树多，走在大路的树荫里，如果有一阵风吹来，很是舒服。凉快，一边走一边想，这冰棍真好吃。

过麦收了，小孩子也都派上用场，上午在地里干了半天活儿，晒得头昏脑胀。娘给我两毛钱，让去买冰棍。我和哥就拿着家里的茶壶，挺高的，白瓷的那种，去冰棍厂买冰棍。到了冰棍厂，先在浇地的井水池子里洗脸，洗胳膊，彻底凉快了才去买冰棍。买了就放在茶壶里，这样不化。路上我想吃一个，哥不让，说回家吃，我只好舔着干裂的嘴唇，提着装满冰棍的茶壶在哥哥身后走着。一边走，哥不时回头警告我，不许打开壶盖看，要不就化了。

我跑了起来。

六队没有冰棍厂之前，都是老苗头来卖冰棍，骑着破自行车，驮一个白色箱子，箱子上面盖着厚厚的白色但有点儿变色发黄的棉被，箱子正面写着碗大的两个红色大字——冰棍。好多年一直搞不清楚，为啥卖冰棍要盖白色棉被。但我是一个不求甚解的孩子，也只是觉得奇怪而已，并没有问过任何人。

卖冰棍的老苗头在学校大门口外高喊：卖——冰——棍，拖着长音，传得格外远。

一下课，一群人呼啦围上去，靠近冰棍箱的人，会伸出手，扶着箱子。没人买的时候，大家一起仰着头看，嘴里说着一些与冰棍无关的事。有人买的时候，大家就一起睁大眼看一个冰棍如何从冰棍箱里出来，冒着白气，从一只手转移到另一只手,然后进入一个嘴里。尽管这嘴不是自己的嘴,但自己的嘴还是不由自主地动了几下。

总有一两个人,看的时候还张着嘴,似乎这样可以吃上一口。当然是吃不上的,这谁都知道。买了冰棍的人接过冰棍,放在嘴里舔着,目不斜视地走开。大家便再次仰着头看冰棍箱子,期待下一个买冰棍的人。当然我也买过,许多人也都买过,二分钱一根呢,只是买的时候少,看的时候多。

钱这个东西真是奇怪,越是需要的时候,就越没有。

初中时,冰棍已经不是单纯的冰的棍了,有了小豆冰棍、红豆冰棍。快毕业时,其他年级的学生都放了麦假,毕业班常被拉出来在学校的甬路上考试,那里树多有阴凉儿,路也宽。大家搬着自己的凳子,一米远一个人,趴在凳子上答题,这样不能打小抄,也不能互相偷看。在考试前后,常有卖冰棍的,大家纷纷买,中学生了,又多是住宿生,手里都有零花钱了,买一个冰棍还是可以的,尽管冰棍已经一毛钱了。大家纷纷买了冰棍坐在树荫下吃,嘴里一凉快,心里就觉得舒服,心里一舒服,感觉什么练兵一、练兵二,模拟一、模拟二,该来的都来吧,世界不过如此而已。

学校的树荫下,一群学生兴高采烈地吃着冰棍,大太阳在空中仿佛也无计可施了,蝉在树上高一声低一声地叫着,像一幅油画。

冰　　凌

滑冰是一种飞翔，没有人不喜欢，尤其是西东的孩子们。

滑冰在西东叫跐冰凌。

冬天，下雪后或干脆没下雪，就是洗衣服、洗山药后在大街上泼了几盆水，结冰了。几个孩子一溜烟跑去，交换着跐冰凌了。当然要是下雪了，冰凌会更长一些，跐起来更来劲，更过瘾些。

过瘾，是一件挺好的事。让小孩子过瘾的事不多，得自己找。

几个人跐冰凌，各式各样的，单腿跪地的，叉着腿的，蹲着的，展开双臂的，叉着腰的，样式繁多。越跐人越多，大家排着队跐，性急的前面那个刚跐，后面的就开始了，常常把前面的人撞倒。有时互相埋怨几句，有时顾不上埋怨，继续跐。摔倒的引来别人的大笑，自己站起来，拍拍冰凉的屁股，继续排队跐冰凌。

跐冰凌多在天快黑的时候，孩子们在大街上、小巷里乱窜，一些人就会在大街的阴凉处找出一块冰凌来跐。开始就一两米长，越跐越长，最后四五米长，半米宽。一下子有了飞翔的感觉。跐冰凌这游戏上瘾，冷点儿怕啥，摔个跟头算啥，把棉裤磨破怕啥。

一场冰凌趿下来，小脸红扑扑的，一遍遍拍着露出了棉花的棉裤，心满意足地回家。

西东没有河、没有池塘，只有几个大水坑，冬天无水。只能在大街上趿冰凌。那时冬天比现在的冬天冷，滴水成冰。夏天比现在的夏天热。光脚走路，烫得没处落脚，光脚一趿一趿地走，从远处看，以为是拐子走路呢。走快一点儿，就像鸟一样一蹦一蹦。孩子们夏天以光脚为多，因为鞋老是坏，家里做的鞋老是赶不上穿。

光脚方便，脚是自己的，说走就能走，这么多小脚，硬生生把西东村走出了无数条路。

冬天冷，泼水就是冰凌，甚至不泼水也有冰凌。也总有一些冰盖在厦子上面的玉米秸上，搭在墙头上的玉米秸上。屋檐上也挂满冰溜子，粗的、细的、长的、短的、圆柱状的、圆锥形的、尖刀子形的、木棍状的都有，晶莹剔透，看起来挺干净的，阳光一照很是好看。咔嚓掰一截，放在嘴里咔嘣咔嘣地嚼或者一下一下舔。大人说，别看瞅着干净，其实脏，见到自己的孩子们吃就会说一顿。后来有人做实验，把一块看起来干净的冰放在脸盆里，端到炉子上化，果然是半盆脏水。

脏水归脏水，该吃的还是吃，互不相干。

草丛中读书

秋天快过完时，茅山坡的草就干了，铺在地上，软绵绵的。坐在上面或者干脆躺在上面，如果正好无风，有太阳，惬意得很。

我走过来，一屁股坐上去，躺上去，我打扰了草。草换个姿势，对我不问不理，视若无物。

草成了我的椅子，成了我的炕，可草依然对我不问不理。

我打开一本故事书，在阳光下读起来，阳光安静地照着周围的一切，没有虫鸣，没有风声，整个山坡陷入一片寂静中。

我是一个不喜欢坐在书桌前读书的人，当然，我也没有书桌。小学时教室用的也不是书桌，是半米高的水泥台，我们坐的是小板凳。我喜欢躺着看书，尤其是喜欢在旷野读书、在房顶的柴火堆上读书，甚至更过分地爬到树上读书。

第一次正经读的课外书，是一本叫《王老师和小学生谈作文》的书，小学三年级的一天，从一个同学那里借到这本书，每天放学后，急忙忙爬到房顶，房顶上有一堆干草，躺在干草上开始读。读累了，就看看天空，那时的天空格外蓝。正是秋天，云也多。厚厚的三百多页，竟然一页一页看完了。从此养成了读书的习惯，当然主要是读课外书。要是能得到一本课外书，对于我来说是一种享受。

躺在茅山坡的干草上，打开那本有些破碎的故事书，对着干草读，读里面的故事。我是一个喜欢读故事的人，一本书读多遍了，还在读。我试图读出另一种意义来。我老是觉得，这书写得真没劲，比如我常读一本叫《春潮急》的书，砖头一样厚，写土改的。我觉得写得一点儿都不好，乱哄哄的人，干巴巴的事，老半天没讲清一个事，好不容易讲了一个事，还特没意思。心想，长大了也写一本书，一定好看，想着想着，就走了神，目光涣散起来。这是我的毛病，我常常干着干着事思想就岔开了，去想别的事。想的事一定是我幻想的，遥远不着边际的事。这时候，天空成了想象的背景，蓝色成了一片海，兀自在那里，不声不响。

干草不识字，干草不关心书中的江湖，不关心书中的恩怨是否已经平息。甚至，草不关心除了山坡之外，所有的来访和进入者。

你踩，你就踩，你躺，你就躺，甚至你点火，它就自己烧起来。反正草就是这样。我和小计看四下无人，就点了一把火，看红红黄黄的火在旷野发出噼噼啪啪的响声，我们不管它，看火自己着，又自己灭，一片一片的灰烬，灰烬引来更多的荒凉，无边无际。

天快要黑下来时，我和小计回家去了，一路我们边走边跑，黑在后面追着我们并最后追上了我们。

唱　歌

一天晚上和一帮文艺男女去唱歌。据说有一个是从女子十二乐坊下来的，唱得太好了，不得不羡慕他们。

我一直在听。小时候，不知道人会唱歌的，当然除了《三大纪律八项注意》《学习雷锋好榜样》之外。多少年来我也没认为那是歌曲，也没有记住歌词，也没搞清说的啥意思。比如一句"勇（永？）当革命的小闯将"，我一直唱成"勇为革命挡庄稼"，挡庄稼？我理解成浇地，挡水口子了，开始想不通，为啥干革命要浇地，后来想，可能写这首歌的也是农民吧，这样一想果然就通了。

身边的人，没有一个会唱歌的，起码我一直这样认为。父亲会唱几句戏文，姥爷也会唱戏，但唱戏不是唱歌，唱戏的都是老人。直到小学毕业，我没有听说过音乐这个词，没有听说过的东西，对于我这个待在西东村的少年来说，就是不存在的。

我不知道的，便是不存在的。

多少年来，我一直这么认为。直到上了初中，预备钟声后到上课这段时间要唱歌，我觉得莫名奇妙。更令我大吃一惊的是，许多人会唱歌，比如我的同桌来自南村的刘连胜，会唱《牡丹之歌》，唱得好听极了，这令我百思不得其解。

人怎么会唱歌？一个农村的孩子怎么会唱歌，还唱得那么好听，还会那么多歌？

后来，村里有了电视，看《少林寺》，一个女人唱《牧羊曲》，悠悠扬扬的，我终于相信，果然这个世界上有唱歌这么一说。

在教室里大家唱"千里黄河水滔滔"，唱"昏睡百年，国人渐已醒"，声音洪亮、整齐。数学老师山老师就特别喜欢听，每次他都提前来教室听大家唱，有时没唱完就敲响上课钟声了，他就说，没事，没事，唱完，唱完，我听着特别好听呢！

山老师说话后面常常带一个"呢"，表示肯定的意思。

后来，我们竟然有了音乐课，第一个音乐老师也是另一个班的语文老师，在音乐课上用脚踏琴伴唱。一个女同学唱："新鞋子、旧鞋子，旧鞋子穿破了留它干么。"

到了初二，音乐老师换成一个刚刚师范学校毕业的女老师，也会脚踏琴，教我们唱歌和识简谱。女老师长得挺好看，打扮时尚，一次我看见她在院里跑，有着很厉害的外八字步，让我暗暗笑了半天。不过说实话，跑得极为生动。

我发现同学中有几个唱歌特别好的，一个叫来军的男生，长得白白净净，不爱说话，一说话就脸红，但他唱得简直绝了。声音无比纯正，比电视上的那些唱歌的唱得都好听。他还会作词、曲，他自己作了好几首。晚自习后，在空洞洞的教室里，点一支蜡烛，他唱各种歌给我们听，男生的、女生的、抒情的、激昂的，我们觉得好听，并且都暗暗羡慕他。他唱"老船长"，我就觉得他就是老船长。他唱"小螺号滴滴滴吹"，我就觉得他是小螺号。他唱"洁白的雪花飞满天"，我就觉得学校下雪了。但来军的学习成绩一般，是考不上高中的那种学生，高中确实不好考，大部分同学都考不上。

来军说我要考中央音乐学院，我们都认为他说得对，唱这么好，就应该考中央音乐学院，可是怎么考？没有人知道，来军自己也不知道。

来军除了每天唱歌之外，就是吹口琴，一把小小的口琴在他的嘴里传出曲折悠扬的音调，除此，他也没有别的办法。

直到毕业了，来军也不知道怎么考中央音乐学院。多年后，我每次看演出，听到唱歌的就为来军感到委屈，觉得来军要是考上音乐学院一定唱得更好听。后来听说来军成了一个乡村建筑材料经销商，日子过得蛮舒服的，只是不知道他还唱不唱歌，我想，会唱的吧。

也许是的。

吃饭快的人

穷人吃饭快。

在西东村吃饭不像现在,一顿饭吃个把小时,一般都是几分钟搞定,尽管比现在吃得多。

有多快呢?小四吃面条,满满一大碗,没有菜,西东人不怎么吃菜,主要是没有菜。小四端着一大碗面条,那种大海碗,用筷子一挑,原地三百六十度转一圈,再看,碗里的面条没了。他吃面条不用嚼,直接往肚里倒。嘴、脖子和胃是一个整体,哗啦,一碗面条就倒了进去。

刘东家吃饭也快,刘东兄弟四个,一次,他娘蒸了一锅包子,那种七印大锅,七印大锅有多大,直径差不多一米左右吧,当然我没有量过。

包子蒸熟了,正好他弟兄四个都在,他娘开始从锅里往外捡。因为烫,就捡得慢了点儿。他兄弟四个就站在灶火坑里吃,你一个,我一个。等他娘在腾腾热气中捡完了,一看,嘿,咋没了呢。一大锅包子吃完了。也不是真的吃完了,剩下了两个,他娘赶紧拿走了,一边走一边骂,你们几个王八羔子真能吃。

那时的饭主要是粥,清汤粥。不论是米汤还是玉米面粥,都要清,端起碗见碗底,可一口气喝完。主食是窝头或者红薯，如果赶巧是面条，面条尽可能弄得短些，显得乱乎。更多的时候是面条中加一些白萝卜条，在盛面条时互相乱着盛，我不爱吃萝卜条，没有味。

谁喜欢无味的东西呢？

初中后在学校住宿，自己从家带干粮，从学校打一份粥。一天三顿粥，只有周五中午不是粥，我们叫改善，吃大锅菜。其实是大锅菜的汤，很稀，有几个菜叶子，一桶中有几片肥肉，几块豆腐。打了饭说说笑笑开吃，感觉还没吃，饭却没了。自己告诫自己，慢点儿吃，慢点儿吃，可每次还是没几分钟就吃完了。有一个转学到我们班的男生，吃饭特别慢，我们吃完了，他才吃了一半，我觉得特别奇怪，咋就吃不完呢？我觉得吃饭慢是一种能力，这能力我没有，大多数同学也没有。

一天中午，吃完饭正在刷饭盆，建中说，没吃饱，要是有油条我还能吃一斤。国胜说，吹吧，你要没吃饭我信，你刚吃了饭，我不信。

赌一把，建中说：我要能吃了一斤，你请我吃。吃不了，我请你吃。

我是证人，我们仨人兴冲冲到了大街上卖油条的摊位。先是称了一斤，建中三下五除二吃了，又要了半斤，建中又吃了。这样建中从在学校吃完中午饭后，到又吃完一斤半油条，时间总共不到半小时。

吃饭快还表现在红白事吃饭上，过红白事，都是吃大锅菜、馒头。帮忙的人用大竹篮子装了馒头，用脸盆盛了饭，往地上一放。大家拿着碗呼啦一声围过来盛饭。一个脸盆只有一个勺子，盛饭就成了一场暗暗较劲，你还没盛满，就被下一个人生生抢走了勺子。往往是两个人同时抢勺子，两个人不好意思明夺，都暗暗使劲，最后总有一个人得手。

盛了饭，一手拿馒头，一手端碗，左一口馒头右一口饭，吃得好不痛快。正在大吃特吃的时候，又有人端着脸盆来，往脸盆里呼啦添饭。后来有人总结出规律来，第一碗盛半碗，这样饭凉得快些，吃完半碗饭时，正好添饭的来了，而别人还都在吃第一碗。这样就可以不急不慌盛满满一大碗有肉有豆腐有粉条的大锅菜。

吃饭拼速度，速度一旦起来了，想慢也慢不下来，就像高速路上开车，一脚下去，车速超过一百二十迈了，强大的惯性下，无法慢下来。

多年后，我吃饭的速度也无法慢下来，吃相就不好，因此受到了不少人的白眼，好在自己习惯了。

穿皮鞋的人

父亲对我说，你看，你也穿上皮鞋了，咱家四个人穿上皮鞋了。

我刚上中学。也就是说我在上中学之前没有穿过皮鞋，穿上皮鞋被父亲认为是一件大事，表示我们家日子过好了。

父亲善于用比喻。

我看了看脚上的皮鞋，落满了灰尘，我赶紧拿鞋刷子去擦鞋了。

上小学时，我见过一个穿皮鞋的人，是我的老师，天津一个下乡知青，教了我一年就走了，别人喊他小郭老师。小郭老师穿着与我们西东人截然不同的衣服，梳着分头，特别干净、整齐，不像西东人，头发永远都是乱糟糟的，好像都没有梳子一样。小郭老师一路挺拔着走过来的时候，常常把手在眼前扇来扇去，好像空气特别脏一样，我仔细看过，空气中没有尘土。

小郭老师刚来不久，穿着皮鞋咔咔地走过来，老远就能听见。皮鞋发出的咔咔声特别干脆、悦耳，许多人赶紧停住脚步，我也站住，等小郭老师走过去。小郭老师不仅皮鞋发出咔咔声，腰也挺得直，脸也白净，衣服也没有汗碱，裤子上挽，露出一圈白线锁的边，显得与众不同。声音也挺好听，西东人叫着（zhao）话，其实就是现在说的普通话，西东人不说普通话，说自己的方言，嘴里永远像含了个茄子，把膝盖叫业里盖子，把屁股叫"piu"。

小郭老师不仅穿皮鞋还戴手表，手腕上明晃晃的，晃人双眼。

全班同学，不，我们全校同学加上老师，全部穿粗布衣。五年级时，一个叫红英的女同学穿了一件红色秋衣，从领口袖口看过去，里面红彤彤的，很是好看，不久勇子也穿了一件红色秋衣，我就专门从他的领口袖口望里看，果然也是红彤彤。

到了夏天，几个家里条件好的同学都穿上红色跨栏背心，穿脏了，就在中午用水洗洗，揉一把，晾在院子里的铁丝上，晒干了，下午接着穿。

要是有两件背心，那就是一种浪费。

后来勇子不仅穿上了红背心，还穿上一双泡沫凉鞋，平整厚实的泡沫鞋底，黑色的灯笼裤，显得人着实精神。秋天时，穿一双黑色的条绒塑料底布鞋，一看就是买现成的，整齐，样子好看。有人背后悄悄喊他假洋鬼子。可见，那时人们就知道洋鬼子穿的都比较好看。

中学时，陆陆续续有同学穿皮鞋了，一走一层土，脏兮兮的，可是再脏，擦一下就能亮起来。皮鞋后跟、前掌处钉上铁掌，走在水泥地上，那声音能久久回响。有一个女同学，喜欢跑，每天有事没事，从操场到教室，从教室到宿舍，撒腿就跑，那皮鞋的声音就跟着她。偏偏她长得好看，衣服时尚，一些人的目光，就随着她的皮鞋声音，来来回回移动。

当然，我也是常常看她跑来跑去。

村东口的一棵树

春天,一场风悄悄来临,吹动着万物。

一粒树种子在风的吹动下,翻滚着、跳跃着前进。来到村东口时,风停了下来,种子止住了脚步。

停下来的种子看了看左右,然后把自己落在一个小土坑里。

风又吹起来,一些土掩埋了种子,后来下起了雨。

再后来太阳出来了,暖暖地照着大地。

有一天,我路过村东口的时候,发现一棵小树苗钻出了地面,长出了几片小小的叶子,静静地迎着风生长,与对面不远处的庄稼遥相呼应着。

一群孩子从小树身边跑过,脚步差点儿踩到小树。

小树在风里摇摆着,不屈服于风,也不屈服于雨,小树在村东口默默地成长着。

一天又一天。

后来,小树长成了大树,夏天的时候,我常常看见一些鸟落在树的枝杈上,鸣叫或休息。

一些在田地里干活儿的人,也会到树下歇凉。

有时候一些过路人,比如货郎,比如回娘家的新媳妇、放学的孩子,他们都会在树荫下停止脚步。

这时候大风或大雨已经奈何不了大树什么，反而是大树可以为过路的人提供一个挡风避雨的场所，给几只鸟一个家。

大树觉得自己有些了不起。

大树确实了不起。

一天又一天过去了，恍惚间，大树发现自己停止了生长，发现自己的叶子不再茂盛，发现自己的腰悄悄弯了下来，身体开裂，心也空洞起来，树枝上的鸟也越来越少了。

终于，在一天黑夜，所有的人都在梦中时，大树在一场突如其来的风雨中倒了，仅剩下的一两只鸟，惊叫着，在闪电的亮光中飞向了另外的大树。

倒了的大树，躺在灰尘里回忆自己的一生，回忆自己的生长过程，想自己随风而遇，随遇而安的日子，也苦也甜。

哪怕是曾经被一只羊连续三年啃光了树皮，差点儿死去，也像人的一场感冒，感冒的时候难受，好了就忘了。不忘又能怎样，难道要一生陷在一种苦难中吗？

大树也不是一点儿没有怨言，想象自己曾经支撑起一片天空，给鸟筑巢，给人乘凉。

大树想，此时，谁来支撑我一下啊。

大树在一天夜里，发出了两声感叹。

大树开始慢慢腐朽，庞大的身躯一点点腐烂着，夏天的一场雨后竟然从身体上长出了几个蘑菇。被一个路过的老太太摘走，做了一碗汤。

老太太端给老头说，好鲜的汤啊。

大树继续腐朽，年轮已看不清了。

月亮升着，太阳落着。

风，一次一次从树的身边吹过，只不过这风，已经不是早年时吹动的风了。

那又怎样？对于风来说，不断地聚合离散，离散聚合。风有着不死的决心，但风始终是风，不管是在这里，还是在那里。

在这棵大树就要彻底把自己忘了的时候，突然发现，自己的脚下又冒出了一棵小树。

这小树是啥时冒出的？大树竟然说不清楚，大树有一点点懊悔。

大树没想到，自己见到一棵小树竟然如此激动，内心呐喊着想替小树成长。

哪怕在黑夜里，大树仍能感到一棵小树在自己的身体里游走、生长。

大树啊大树，大树念叨着自己的名字，大树对自己产生的这种想法不可理喻，又充分理解。

大树借助风，用力站起来一厘米高，努力看着这棵小树。

小树一身柔韧,已开始独自迎接风霜雨雪,迎接万物的目光了。

大树默默念叨了一句:哎,新的轮回开始了。

大　葱

西东人爱吃大葱，我尤其爱。

大葱这东西，凭空让生活有味起来，多好，我一手举着一根，像举着一段有味道的生活。

西东种的大葱是鸡腿葱，辣、香，头大，把味道默默长进了大头里，使它的头更加大。葱白短，有股有一说一的冲劲儿。往热油里一放，顿时香味四起，让人一下就感觉到了生活的热气腾腾。

西东菜少葱多，夏天的时候，我常到地里偷一个茄子，再拔一根大葱，找一个没人的地方，左一口茄子，右一口大葱，茄子就大葱，吃得风生水起、生机勃勃。在没有茄子的日子里，挖一块红薯，照样就大葱。

大葱从配料成了主料，似乎有大葱在，万事便了然。

各家分了地，家家户户种大葱，但许多人觉得别人家的葱可能更好吃些，于是在地里干完活回家的路上，眼睛向四周瞭望一下，看四下无人，随手飞快地从别人葱地拔两根放进背筐里。时间一长，离村近，靠近大路小路的葱地头，都有一段光光的，好像这里从没有种过葱一样。后来突然一天，有人挂了一牌子：打药了，旁边扔着一个空农药瓶子。

于是，大葱得以保全。

大葱小的时候叫小葱，夏天的时候常有人骑了自行车在吃饭的时候喊，抽小葱。抽小葱，就是卖小葱。一些人就拿了鸡蛋来换小葱，一个鸡蛋相当于五分钱。有了小葱就有了菜。人们一手端大海碗，手心握着几根小葱，一手拿窝头，蹲在大街小巷口呼噜呼噜地喝粥吃饭。

比小葱还小的葱叫葱秧，葱秧由葱的种子长出来，密密麻麻地一个个挤在一起，绿油油的喜人，细长葱茏。一尺长，筷子粗之后，用水一浇，就可起葱秧了，用手拔或者用粪叉起更好。起下来的葱秧，拿到地里种。地里早已挖好了沟，等着葱的到来，像新郎等新娘，甜蜜而急切。

种葱这活儿，我喜欢干，左手抱着葱秧，弯着腰，后退着右手把一个个葱秧按在田地的沟里，我哥拿木耙用土轻轻埋住葱白。

种葱的过程就是弯下腰，一直弯着，直到立不起来为止。

种大葱，一度是西东人的重要经济收入。绿油油的大葱，一米多高，一队一队，一排一排站在田地里，要多神气有多神气，要多生动有多生动。我走在葱地里，像首长走在自己的队伍里，禁不住要为这个战士整整帽子，为那个战士理理衣领，拍拍这个战士的肩头，夸夸那个战士站得周正。如果葱地里有几棵草，我就赶紧走过去拔掉，扔到地头。

一亩地可收几千斤，赶上好时候，青葱一斤可卖一毛四五，就是一笔不小的收入。有人不卖，等价格更高些，结果没有卖出去。把葱拔下来收好，放在地里、院里，一点儿一点儿看着大葱由绿变干枯，由重变轻，钱也像葱中的水分一样，蒸发了。开始变得一毛钱一斤，四五分钱一斤，甚至到后来不再论斤，论堆，这一堆多少钱。

有脾气倔的，就让葱在地里长着，不拔了，等来年春天卖芽子葱。比如，那年，我家就卖过芽子葱。春天葱发芽变绿了，我和哥用半天时间，拔了一排子车葱，拉到十公里外的县城去卖。葱卖了，我们到一个小饭店吃了一顿炒饼，一人一盘，没吃饱。结果，钱就花去了一半。

我俩低着头，一个人拉着排子车，一个人坐着排子车，回家了。

等我上初中时，第一年走读，早起上学带馒头，中午在学校食堂馏馏，接一缸子热水，就是午饭。路过大葱地，就偷偷从地里拔一根，放在书包里，中午，大葱就馒头，一口白，一口绿。

来年，成了住宿生，宿舍在学校前院，靠着教室不远。那年冬天，村里的人拔了大葱无处存放，就放到我们学校。你说，放哪里不好，偏偏就放到我们宿舍后边，不知道我们没菜吃吗？不知道我们爱吃葱吗？

我们几个人每顿饭就跑过去，抽一根大葱，一连吃了半个多月，直到大葱被人拉走。半个多月，我们五六个人得吃多少葱啊，几大捆总是有的。我一直担心会有人找我们说事儿，结果没人搭理我们。

葱，对西东人来说，除了生吃外，如果切成葱花，用酱油醋一拌，吃面条，喝粥，就馒头，绝配。

一些人因种大葱，发了财，盖房、娶媳妇。有的人却丧了命，我一个同学的父亲，在贩卖运输大葱中翻车，去世。

西东的大葱，辣，就像西东人。

打　夯

打夯就是打地基，就是把盖房的地基打得结实些，再结实些。

夯有石夯，有木夯，有四人抬的夯，有两人抬的夯，更多的是两人抬的石夯。石夯就是在一块高一米左右，一尺左右见方的石头上绑两根手腕粗的木头。木夯就是一根一米五左右的大木头，中间掏出四个手抓的地方。

我打过的夯是两人抬的石夯。家里盖房，先是用铁锹挖出半米深沟，然后灌水，水干后，用石夯打地基。一个石夯百十斤重，我和哥哥一人一边，面对面站着，中间是石夯。我们一起喊着一二三的口号，喊一时弯腰抬起，喊二时抬起半米的高度，喊三时撒手下落。

弯下腰抬起石夯，砸下去，再抬起夯，再砸下去。简单、单调、重复、无穷尽的劳动。一次一次地弯腰，一会儿腰有点儿直不起来了，就歇一会儿，再干，反正有的是时间。

那时，我的时间，又长又慢，还多得无穷无尽。

白天打了两遍，吃罢晚饭，在月光下接着打夯。深秋的月亮明如水，静静地泼在地上，寂静中有着暗暗的喧闹。我和哥哥歇够了，开始接着打。由于白天已把地基打得比较平整了，晚上打起来快很多，也感觉轻松许多。一下一下喊着口号，两个少年，在月亮下抬动着百十来斤重的石夯，一下一下夯实着大地。

四周无人，月亮寂寞。唯有我和哥哥稚嫩的号子声和石夯有节奏的撞击声。

打夯要有节奏，有了节奏不累，没有节奏，或者两人不一起用力，就抬不起石夯。抬重物，节奏最重要。在一个山里，我曾见过多人抬上千斤的大石头，用绳子拴好了，杠子上肩抬。他们喊着抬石谣，很有意思：老石头尖尖嗨哟，抬高再抬高嗨哟，抬高不哈腰哟嗨哟，咱们往前走哟嗨哟，咱们往前挪哟嗨哟。唱起来，有力且婉转、有节奏感，外人听着像唱歌。

与打夯类似的一种活儿就是压场。麦子收了，在地头拔出一块麦子地，然后套上绳子，用石头碌碡，把场地压实压平。多年来，这活儿都是我和哥哥一起干。刚浇过地不久，双手抓一把麦子，向上用力，呼的一声，一把麦子连根拔起，麦子交到右手，在左脚上顺势一磕，麦子根部的土呼啦就掉了下来。拔完麦子，我俩给碌碡绑上绳子，脱了鞋，我在前哥哥在后，我们弯腰赤脚拉动碌碡。碌碡咕噜噜滚动着，一圈又一圈，大圈套着小圈，小圈滚动着大圈。人不能停，人一停，碌碡立刻就停。通常我用大力时，哥哥可用小力，哥哥用大力时，我可用小力。我俩分工合作，在大太阳下拉着碌碡，一会儿快一会儿慢，走走停停，小半天，一块场地压完。

看，一块多么光滑平整的场地，心中不由得升起一股小小的自豪感。

大　门

在西东，有大门的家户并不多。

在西东，大门更多的时候被称为街门，意为临街的门，一个家里最大的对外开的门。

桂方家有大门，就在我们巷子口的大街上，那大门的确大，有大大的门和门洞，夏天时那里通风、凉快，许多人在那儿聊天、吃饭、下棋。大门里放着两根弯曲的木头，不成材，当板凳坐，正好。桂方的父母不爱说话，每天就在那里坐着听别人说，自己一言不发。说话最多的是老堂，家就在后面住，一个经多见广的中年人，一个去过广州做过生意的人。尽管大家不知道他做的啥生意，反正都知道他在广州做过生意，讲的都是外边的事，西东人从没有听过的事，玄而又玄，听得人直摇头。后来老堂在县城开了一个饭馆，叫老堂饭庄，那时父亲已在县城上班。我去过那个饭庄几次，每次都是带着锅，买一份杂拌汤，老堂就做多半锅给我，我端回去和父亲一起吃，味道极好。第二个说话多的人是小三，一个半大小子，外号"包打听"，四邻八家，西东的角角落落有啥事没有他不知道的，好像他有顺风耳，有千里眼。小三说话善于模仿，讲得生动，有动作，有时会讲一些黄色的乡村野事，深得青年人喜欢。一看小三在，大家就纷纷过来听。

　　林子家也有大门，在我们小巷的最里面，大门洞里干净整洁。林子父亲是西东数一数二能干的人，早年以养蜂发家致富。着装干净整洁，留着整齐的发型，这在西东很少见。林子的爷爷是个厉害的大人物，林子父亲老林爱喝茶，整个西东村喝茶的没几个人，大家都是喝凉水，从地里干活回来，渴了，从水缸舀一瓢凉水，咕咚咕咚喝一气，然后用手抹一把嘴，有凉水喝，已经心满意足了。

　　老林每天在大门洞里，坐在一张布躺椅上，端一个大搪瓷缸子，吸溜吸溜独自喝茶，一副享受的样子，一副高人一等的样子。此大门洞清净，一般人不来，来的只有我的邻居老刘，老刘曾经是林子爷爷的马夫，比老林大十几岁，从南方来的，后落户西东。因为这种关系，老刘常在大门洞里陪着林子父亲，但两人说话并不多，常常就这么坐着。我每次从林子家门口过，都是快速往里面瞅一眼，快速走过，几乎没有停留过。

小孩子怕有威严的人。

我家也有大门，我家的门并不宽大，但很严肃，有着一整套的秩序。门外有两个光滑整齐的拴马石，尽管早无马可拴。门口的石头上、门头上、柱子上都雕刻着繁杂的花纹。我家大门洞狭长，这样阴天下雨时就显得阴暗些。大门洞的右手边，被我娘放了一些柴火，主要是麦秸、玉米皮啥的，做饭时充当引火。一次做晚饭，娘让我烧火，我去大门洞拿麦秸，一伸手，突然摸到一个软乎乎的东西，吓得一声大叫，跳了起来，一只老鼠"嗖"的一声跑了出来。

老鼠这东西有点儿奇怪，不论大小都叫"老"鼠，都吓人。

更多人家没有大门，谁要去他家，抬腿就进，想敲门也无门可敲。西东村不兴敲门，要是熟人就直接进去，到了屋门口喊一声主人的名字，甚至名字也不喊，推门就直接进屋了。要是生人或者不太熟悉的人，就站在大门口处，喊一声。有人应答就进去，无人应答就走开。因为没有大门，到了晚上睡觉的时候，要把值钱的东西搬到狭小的屋子里，第二天起来，再搬到院子里。啥是值钱的东西呢？各家看法不同，但基本有自行车，不管新、旧、破；排子车轮，其他的没了，大多就是这两样。

有的人家大门特别小，应该叫小门，高不过一人，宽不过一米。可是依然叫大门。用几块木板一钉，甚至几根大树枝一捆，就是大门，基本上就是一个门的样子，告诉别人我家是有大门的，晚上睡觉就放心一些。

这或许就是柴门一词的来历吧。

后来，我家盖了新房，搬出老院，但好几年没有大门。一到冬天的时候，爹就在大门的上方绑一根横木，下面放上好多玉米秸，留出一个小过道，天黑后，全家谁回来的晚了，谁就把最后两捆玉米秸堵上，表示我家关上大门了。

两捆玉米秸堵上了，就不可再随便进来了，这更像是一种宣告。

每天早起，把两捆玉米秸搬开，表示我家的大门打开了，谁都可以进来了。

再后来，我出门求学，工作，回家少了。我家修了铁门，铁门中间留了小门，平时大门不开，出入走小门。

时间的灰尘越积越多，巷子垫得越来越高，巷子高过了院子，小门就矮了。一次回老家，走到大门口，刚喊出一声娘，哎哟！我双手捂头，蹲在大门口。额头，一个紫红色的大包应声而起。

以自己的头碰铁，实打实地碰，这疼，让人气恼但无法发泄，得忍着，只能用毛巾蘸了温水，轻轻擦。

日子越来越远，回家的次数越来越少，一年撞疼一次，这疼我得忍着。外面的世界越来越高，故乡越来越低，可是老了的故乡，骨头依然坚硬。走进去，我得把头一低再低。

打 农 药

该打农药了。

背上一个大喷雾器，在棉花地倒退着打药。为啥倒退着，一开始我也不知道，等第一次打药后就突然明白了，这样刚刚打过的药水不会弄到自己身上，不会中毒。

先在喷雾器里加多半桶水，用药瓶盖当量器，配好药，倒进喷雾器。用气管打气，一下一下很有快感，气打不动了，把喷雾器背在后背上，伸手打开开关，看喷出雾状的水，洒向棉花。沙沙沙沙，细小的声音，清晰地在棉花叶子上响起，一些棉花叶子承受不住水的重量，翻身向下淌去，滴答滴答。

棉花叶子一下子变得干净、清晰起来，更加绿了。

棉花秸长得很高，叶子也多，密不通风。天气热，一不小心药就会通过汗液渗透进皮肤里，皮肤就会发红、发痒。再重一点儿，就会有中毒的感觉，头晕、恶心。我的一个邻居老孟，一次打药时，喷雾器的喷嘴不通了，喷不出水了。他鼓捣了半天也不行，可能太投入了，就用嘴来吸，别说，真吸透了。老孟又满意地打起药来，打着打着，老孟感觉到了头晕、恶心。老孟就喊我，我咋这恶心，是不是中毒了。

我一看老孟的脸也红了，呼吸急促。赶紧说，中毒了吧。快快，放下喷雾器，到村医务室去。

幸好，老孟打药的棉花地就在村边。

打药中毒，这不算啥。一次我一个邻居小孩三东没打药也中毒了。

那天，天快黑时，我和三东在村边玩，正好看见三东的哥哥大东从地里回来，大东手里拿着一个好看的红色瓶子，三东上去接过来问，哥，这是啥？

糖水，大东说。我和三东在后边跟着，一边走一边晃瓶子，晃着晃着，三东就拧开瓶盖，咕咚喝一大口，不甜，呛人。

大东听见了，一回头，吓得一把夺过瓶子：药，药，这是药。拉着三东就向医务室跑，三东也明白了是药，"哇"的一声哭起来。

幸好，喝得少又吐出来了，没啥大事。

我是从小学五年级开始独立打药的，再小一些，实在背不动装满一大桶水的喷雾器。开始只是在棉花地里打，后来豆子地、麦子地都打。我不喜欢打药这活儿，不管我怎么小心，走来走去的，也常常被打过药的棉花叶子弄湿裤子，很不舒服。背半天喷雾器，压得肩膀红肿得疼。怕后背沾上药，每次都要穿长袖外衣，还要披一个脏兮兮的包袱，一个人顶着大太阳在密不透风的棉花地里打药，孤独、累、烦，就脾气不好，就骂骂咧咧，像一个坏孩子。

出了汗，都不敢用手擦，渴了，不敢喝水。

但又必须干打药这活儿，要用农药杀死棉铃虫、腻虫等虫子。要让棉花啊、豆子啊、小麦长得更好些，收获更多些。人与虫子斗，人要借助农药，有时人也直接动手灭虫。

娘说，豆子地有虫子了，虫子太大了，药不顶用了，拿剪刀去剪虫吧。

我拿一把剪刀，在一米高的长势良好的大豆地里抓虫子。虫子是绿色豆虫，一两寸长，鼓鼓囊囊地爬在豆叶、豆秸上。我看见一个，心里一阵冷笑，伸出剪刀，咔嚓剪成两半，噗一声，一股绿水喷溅而出。一开始，有点儿下不去手，几个之后，就轻松起来。翻动着豆子叶，看见一个，咔嚓一声，看见一个咔嚓一声。

豆虫的血是绿色，身体是绿色，豆子叶是绿色，只有我的剪刀是黑色的。咔嚓，咔嚓，绿色的液体，喷溅在绿色的豆子叶上。

我剪着剪着，觉得自己成了一个武林大侠，手中的剪刀成了我的兵器，纵横江湖，来，来，见人杀人，见鬼杀鬼。

咔嚓，咔嚓，我一路杀了下去，天慢慢就黑了。

天黑了，我也不回家，一个人坐在垄沟上，呆呆地坐着。

天就越来越黑了，看不见人了，我只好回家。

担　水

没有人喜欢担水，压人。

用扁担挑水西东人就说担水，有时也有人说挑水，说挑水的时候一般说挑一担水，挑两担水，有一个量词。

每户人家担水都有相对固定的地方，我担水就有固定的地方，第一个地方是村小学。我家离小学比较远，担一次水中间需要歇几次，压得肩膀火辣辣地疼。之所以去小学是因为那里的人少，不用等，到那儿就可用井绳系上桶，用辘轳放进井里打水。我岁数小，绞辘轳要用双手，单手绞不动辘轳。双手绞本来是没有问题的，可是桶到井口时，要腾开左手，把水桶提到井台上。就这一下，我得咬着牙，用尽全身之力，有几次险些失手，把自己都吓出一身汗。

贫穷的孩子都是在惊险中慢慢长大的。

水打出来，自己先把头趴在水桶里，咕咚咕咚喝一气，然后抬起头，一副满足的样子，继续打水。打水最危险的是冬天，井口结冰，脚站在冰上，用不上力气，提心吊胆，后来知道一个词叫如履薄冰，大约就是说这事的吧。

在学校时渴了，正好看见一个打水人，就把头趴在人家的水桶里，直接咕咚咕咚喝一气。西东村都这样喝水，大家习惯了。

后来到大队油坊担水，那里近不少。能去油坊担水，是因为有人到我们家收了井绳钱。也就是说井绳钱要去担水人家凑钱买，村里不拿这部分钱。

每天下学了，一看水缸里水不多了，不用大人说，主动挑起扁担去担水，到了井台，大家排队。把扁担放在两个水桶上，一屁股坐在扁担上，拿起一个树枝、石块，在地上写字。写的最多是古诗词，一首是白日依山尽，一首是大江东去。写的有立体感，自己很满意。后来我在纸上写时，无论如何也达不到那种效果，用粉笔在黑板上写字更难，写出来的字变形，不受控制。我们班有个叫小曾的，字写得好，在黑板上写字，也特别清晰工整，老师留了作业，常常让他抄在黑板上，时间久了，成了一种默认。一次不知为何老师让我抄，我就在黑板上抄题，尽管很用力，但字有点儿歪扭。刚抄完，小曾来了，我不好意思地说老师来了，找你，你没在就让我抄的，我有点儿心虚。

替老师在黑板上抄题是一种荣誉，一种很露脸的事。

我班有个胖子叫梁小兵，我同桌，他说一口气能担三趟水，和大人一样，我暗自羡慕他，觉得他好厉害，我一般担一趟水可以，担两趟就心里发怵了。

一桶水有四五十斤，一担水大约一百斤。挑在肩上，开始还行，走一百多米时，就有点儿喘不过气来，肩膀火辣辣地疼。再走几步，到二狗家大门口时就需要歇一会儿。我常常咬着牙，坚持走过了二狗家大门口，又走了几步，才放下扁担。

感觉累了时，就再坚持着多走几步，这是我当时的一个想法，尽管无足轻重，但给自己找到了一个方向，一个坚持的理由。后来我就形成了一种习惯，不管干啥事，在就要结束时，再咬牙坚持一下。

我担水只能用左边的肩膀，不知为啥，右边的肩膀一点儿也担不了重物，哪怕担一下，就钻心疼。或许人的一些部位是用来干活儿的，一些部位是看另一个部位干活儿的。

左肩能担，就一直用左肩担，就像领导用习惯了谁，就一直用谁。

一开始担水的时候，怕把水桶掉在井里，这对于我来说是一个难题。把水桶放到井里了，要摆动井绳，这样才能灌满水，但有时在这种摆动中，水桶咚的一声，脱钩，掉在井里了。赶紧借人家专门捞桶的钩子，就是铁棍上高高低低绑着四个向上的钩子，把钩子放到井里，用这些钩子钩住桶，然后捞上来。

后来不知哪一年，就突然兴起在排子车轮上绑上一个木架子，架子上挂上铁丝钩子，这样前后都可挂两桶水。一次可以推四桶水，还省力，西东叫推水架。夏天，大热的太阳下，蝉在看不见的树上叫着，一个十来岁的少年，低头用力推着一个推水架，上面有四桶水，水里泛出太阳的光，轻轻晃动着。

少年小心翼翼地弯腰用力推着推水架，胳膊因用力而有些青筋暴露，水桶里的水轻轻晃动着，有一些水，轻轻地洒在大地上，一溜烟不见了。

少年在向家的方向行走，前面是无穷无尽的阳光，后面是无穷无尽的时光。

稻　草　人

西东村的每一块谷子地里都站着一个或几个稻草人。

稻草人戴着一顶颜色鲜艳的帽子，那帽子多是废旧的红秋衣做的，夸张地张着手臂，手臂是两根木棍做的，绑上了两个绿布条。

在田野里，在一片谷子地里，稻草人张着手臂，拥抱风和天空，很是好玩。但鸟们不那么看，鸟们看到了虚假。一群群来了，落在谷子地里，叽叽喳喳地叫着、吃着。这群鸟经多见广，知道那个稻草人在虚张声势，就大胆地吃起来。

这个稻草人是我做的，它的胸膛干瘦，有着条状的曲线，胸膛里伸出一双手，直接伸出来，好像随时准备抓住几只不知好歹的鸟。它伸出细长的腿，其实就是两根树枝，身上披了一块塑料布，远远一看，还真显得具有了艺术家的气质。

不远处，志平家的谷子地里也有一个稻草人，他的稻草人比我的更逼真、更威武，戴着一个草帽，手里拿着一个木棍，冲着天空。

鸟群从东飞到西，从西飞到东，忽然之间，就呼啦啦飞过来，刚开始，看见稻草人，会绕过这块地，飞到下一块地里。后来，它们或许发现了稻草人的无能，就无视稻草人的存在，我看见有一只鸟甚至站在稻草人的头上拉了一泡屎。我大怒，拿起一个土坷垃砸了过去，那只鸟，急忙飞走了，我对着鸟，破口大骂。

我重新做了一个稻草人，高大、威猛，就像我站在田地里一样，充满霸气。

到了夜晚，庄稼的颜色变深了，星星也点起了灯。

多少年后，我认识了一个姑娘，她的网名叫稻草人。我就给她讲了我做稻草人的故事，她在微信里哈哈大笑，她说，她小时候就在田地里冒充过稻草人，拿个木棍一动不动站在那里，鸟来了就突然挥舞棍子，把鸟吓得直接飞到了天上。

噢，原来还有你这样的一个稻草人，我笑了。

之后，我们成了好朋友。

之后，我们好多年不见，又陌生了。

灯

西东长时间点煤油灯，1981年时用上了电灯，但老停电,煤油灯依然没有彻底消失。

我的眼睛先天远视、散光,那时西东村没有戴眼镜的,我们小学就更没有一个戴眼镜的。长大后才知道,其实好多人的眼睛都不好,比如我同学连胜就高度近视。我喜欢看书,煤油灯下看书,看不清,就把书放到灯的后边。我、灯、书,就成了一条直线,灯在中间照着我和书。我的鼻孔被煤油灯熏黑,用手一抠,手指上全是黑,只是这黑与墨水的黑不同,没有知识含量。

天黑了,点一盏煤油灯,灯只能放在高处,哪里最高呢?放桌上不行,太低。那就放到柜顶上。幸好我家有一个立柜,那种老式的,暗红色,分两节,底下一节开两扇门,上面一节是个柜子,从上面掀盖。一人多高,据说是父亲结婚时请人做的。

煤油灯在柜顶上居高临下,发着微弱的光,一灯如豆,照着阴暗的房间。这只是在晚饭前,晚饭后母亲要做针线活儿,灯就得放到山墙上。所谓山墙就是在炕头和火炉子之间,垒一米左右长,高过炕半米的一个墙,把火炉与炕隔开,正好放灯用。母亲常半宿半宿做针线活儿或纺棉花,家里人多,活儿就多,母亲就没完没了地干,可我们兄弟几个人还是穿不上衣、吃不饱饭。

家里人多,实在睡不下,我就搬出去,到一个同学家睡。屋子空荡荡的,除了一铺土炕,别无他物。一天睡到半夜,同学永生口渴,伸手一摸,摸到煤油灯,拿起就喝了一口,一下子呛醒了,大声咳嗽起来,把我们俩人吵醒了。我们划着火柴一看,两个人哈哈大笑起来,煤油灯的油被他一口喝去了一半。

其实,煤油,在西东叫洋油。

后来,听父亲讲他被打成"右派"回到西东后自学中医,父亲半夜半夜地熬灯看书,奶奶不高兴了。一次大姑回娘家,奶奶给大姑说,你劝劝歧子(父亲的小名),每天看书到半夜,熬半瓶灯油。父亲给我说,呵呵,你奶奶心疼煤油了。

每天熬半瓶灯油,父亲比画了一下,一脸的自嘲。

上中学在学校住宿,晚自习下课十分钟后熄灯。要学习只能点蜡烛,学校一周有一半的时间在停电,买蜡烛就成了我们住宿生的一大开销。为了节省开销,就四个人点一根蜡烛,大家面对面坐着看书、做题。每天大家比画一下,蜡烛烧到哪里就回去睡觉。到要考试时,常有同学看书看得太困了,头突然前倾,嗞啦一声,头发就被蜡烛的火烤焦了,冒出一股轻烟,发出焦糊恶臭的味道。人也彻底清醒了,再坚持一会儿,合上书回宿舍睡觉。

有一个叫王先民的同学坚持在学校也点煤油灯,他的灯是用墨水瓶改造的,看起来蛮精致。

西东人都珍惜灯,即便有了电灯,夏天在院子里吃晚饭,屋里的灯是绝对不允许亮着。随手拉灯,是一件必须做的事,忘一次就要被大人训斥一次。过去电灯少,夜特别黑，伸手不见五指的黑。西东村的星星就特别多，月亮也就特别亮，亮到可以在月光下洗衣裳、干活儿。那时候我常听到一首儿歌唱道：

月亮地，明光光，
开开大门洗衣裳。

我遇见过一次挺危险的事，就与电灯有关。那天我和振发在东边的屋里看书，靠窗户的地方有一盏灯，灯下是一张方桌。看着看着天黑了，我就拉亮电灯继续看，突然啪一声，我的脑子嗡一声，眼前突然黑了。

最可怕的是，灯泡的碎玻璃沿着我的耳朵，向外飞出去。

灯泡炸了。

我和振发吓得目瞪口呆，好一会儿才回过神来。幸好我俩毫发无伤，但从此我知道了，灯泡是可以炸的。

灯泡炸后，屋子里瞬间黑下来，更加安静，只有我和振发的呼吸声，此起彼伏。

灯　光

我喜欢黑，更喜欢光，喜欢亮堂。在黑里，感觉是安全的，是秘密的，在亮堂里感觉是幸福的，生动的。这光，这亮堂，哪怕是来自一盏灯。

我见过的最亮的灯光是火车的灯，唰的一下，夜空被灯光穿了一个大洞。之后，火车从老远的地方轰隆隆冲过来。近了，听见火车发出呼哧呼哧的喘息声，两个大眼睛里的光穿过好几百米，在我看不见的地方还在亮着。

火车主要是货车，拉煤炭和木头。冯村的人就常去铁路"捡拾"一些煤炭。他们用一个木棍绑上一个铁丝钩子，从火车上往下钩煤炭。西东没有这样的事，西东离火车太远了，离冯村太远了。

本来，我是没有见过火车的，十岁那年，父亲带我去邢台。回来时，天黑正好走到冯村，冯村有火车站。一辆火车恰好开过来，火车的眼睛，比牛的眼睛大多了，瞪着眼向前跑，看得我目瞪口呆。

之前，我见过最亮的灯，就是大队部的那盏十五瓦灯泡。不知道为什么，那时电灯都是十五瓦的，那几乎是西东人最亮的灯了，也省电，再说，西东的供销社也没有更大瓦数的灯泡了。

西东的晚上就是黑，一大瓶墨汁倒在天空，呼啦一下，整个世界都黑了。偶有一支蜡烛或一盏煤油灯发出星星点点的光亮。不过是烧破了夜的一角，烧出一个小小的洞，漏出了点点光，让我这个天生眼神不好的人，感觉世界无比朦胧。其实早年的时候，我并不知道这是我的眼神问题，还以为世界原本如此。等上中学了，配上了人生第一副眼镜，突然发现，世界与我过去看到的不一样啊！

这令我大吃一惊，这些年，我的眼睛欺骗了我，我竟然不知。我常常以为世界不生动，具有无限的模糊性。一块丝绒大布，远远地盖在世界上，一切看起来似是而非。我不知道，这只是我自己的看法，只是我一个人的生命体验，我没有质疑精神，从没质疑过什么。

一个从未看清世界的人，如何质疑世界？

我早已习惯了微光，煤油灯下，看母亲纳鞋底，看姐姐纺棉花。后来，在煤油灯下看书。看不清时，就把眼睛凑得更近些。当更近些也看不清时，我就放弃。幸好，我很早就学会了放弃。

放弃看不清的事物，这算我从小具有的一点点生活小智慧吧。

那时月亮很亮。月亮要么不出，要么贼亮。人们在月光下干活、洗衣服、纳鞋底，甚至有人在月光下看书。

豆　子

冷不丁一声吆喝从大街上传来"秤钩子挂豆腐，挂不起来不要钱"，半说半唱的吆喝中方方正正的豆腐散发出了清香，淡淡地越传越远，那多半是春天、秋天或冬天，树荫正盖住了阳光,阳光像一把豆子随意洒在地上。

听见喊叫声,父亲用碗搋了半碗豆子出门,回来时碗里多了一块豆腐。

谷雨前后,种花点豆。点豆这活儿,一般都是我和哥哥干,哥哥在前用一个木耙刨坑。哥哥高举木耙,一下刨一个碗大的坑,我从缸子里抓出两三个豆子,扔进坑里,看着豆子滚进坑的深处了,然后用脚把坑边的土推回坑里,这样,一次操作算是完成。

我喜欢干这活儿,脚与土的接触中,有一种小小的快感。看,我又种了几个豆子。

哥哥继续弯腰刨坑,我继续点下豆子,用脚把坑填平。半天,我们俩谁也不说话,哥哥弯腰刨坑,不时停下来,向手心吐一口唾液,继续干。我的脚一次次把土填回坑内,我的鞋里已经灌满了土,我也不在乎,继续用脚推着土。后来干脆我脱了鞋,赤脚。

这时候王二也和弟弟在种豆子,王二父亲交代,豆子种不完不能回家。我们种完时,王二也种完了。我对王二说,你们种得够快啊,比我们种得还多。王二笑着说,那是啊,他干劲多大啊。

七八天后,王二的父亲去地里干活,发现了王二的秘密。

地头好大一片豆芽,黑乎乎拱出地面,像一个锅盖,原来王二把一升豆子,刨个大坑,一下子种在坑里。

哈哈哈，我和几个伙伴听说后，大笑了一场，从此，我们给王二起了个外号"锅盖"。

豆子，有黑豆、绿豆、红豆、扁豆等，我说的主要是黄豆。但不管哪种豆子，生命力都十分顽强，干点儿、旱点儿，沟沟边边沿沿都能成活。靠近茅山的旱地，种别的粮食能否有收获，不好说，种豆子肯定没问题。头年种了豆子，来年还不好收净。一场雨后，我常常拿一个篮子，到去年种过豆子的地里捡豆芽，一两寸高的豆芽，鲜嫩清香。捡回家，娘生起火，支上小锅，三下两下炒出一碗豆芽。

秋天，我戴一个草帽，坐在豆秸上，抡动大棒子，狠狠捶打豆秸。一下一下捶打，有时候咬着牙，把心里所讨厌的人当成豆秸，大棒子就更加有劲。豆秸发出哗啦哗啦的响声，有时会有几粒豆子蹦出来，啪一声，打在我的胳膊上、脸上，我不在乎这些，我是一个不怕疼的人。

如此几遍捶打之后，捡走豆秸，就剩下豆子了。黄澄澄的黄豆、绿油油的绿豆、黢黑的黑豆就收拾完毕。

豆子长满但还没长老时，我去地里薅草时，会偷偷烧一点儿豆子吃。冬天里，我常抓一把豆子，放在炉盖上，靠火炉的温度把豆子烤熟。趁着热劲，拿起一个豆子扔进嘴里，嘎嘣咬一口，咦，那叫一个香。

吃一把烤豆子，满屋子都是香气，连人生也幸福起来。

二　胡

　　二胡不是乐器，是一个人的名字，姓刘。

　　二胡住得离我们家很近，一个胡同的，见面我一般喊二胡叔。二胡个子不高，干瘦，天天蒙着一块带蓝道儿的白毛巾。

　　说是白毛巾，其实一点儿也不白，发污、发黄。四十多岁的样子，后背微驼，一生单身，西东叫光棍，光棍是因为家庭成分高，没人愿意嫁给他，耽搁了。

　　二胡是个石匠，一个有趣的人，脾气好，会讲许多老故事，我最初的故事几乎都是从他那儿听来的。冬夜漫长，有几样活可干，妇女纺花织布纳鞋底，小孩子剥玉米粒、剥棉花桃。

　　一盏灰暗的煤油灯在柜顶上照着，我眼睛远视散光，那时我不知道我的眼睛不好，我以为所有人的眼睛和我一样，我看不清的，所有人都看不清。

　　灰暗的灯光下，所有的事物都有一种朦胧感。外边黑透了，四野寂静，在这样的夜里，适合讲故事。

　　二胡是单身，没别的事干，就到我们院里的东屋和我大伯聊天，我大伯是个不爱说话的人，特别沉默寡言。这样就是二胡在讲，天天讲，讲什么呢？讲古代的故事。二胡一来，我和弟弟就到我大伯屋子里听故事，当然一般带一簸箕玉米或棉花桃。

玉米用改锥先捅下来几行，剩下的用手往下剥玉米粒。棉花桃就是用手扒开，取出里面的花瓣。这活儿，不用看，靠感觉就行。

二胡端着一个大号搪瓷缸子，踢踏踢踏地来了，掀开门帘直接走到火炉边的椅子上坐下。慢慢拿出一根自己卷好的旱烟，在炉子上点上。先聊几句吃了没有的闲话，就开始给我们讲故事。

讲的最多的是《岳飞传》和《小五义》，那时我听不太懂《岳飞传》，但喜欢听。二胡讲一会儿就吸溜几口水，用发黄的手指捏些烟叶，在废白纸上卷。抽的时候，唾液在口腔里打转，嘴里发出吸溜吸溜的响声。

搪瓷缸子放在火炉子边上，所以水永远是烫的，二胡每喝一口，就发出很响的吸溜声，我曾经专门学过他的吸溜声，但无论如何也不能发出那么响的声音。

二胡抽旱烟从来不用火柴，他把旱烟卷好了，就用手拿着在炉子上点，有时把烟叼在嘴里对着炉子，用力一吸，呼一声烟就着了。

听二胡讲故事，听着听着，手里的活儿就停了下来，忘了干，一晚上也干不了多少活儿。我说二胡好脾气是他讲着讲着的时候,我要撒尿了,就说,先停一下,我去撒个尿,就噔噔噔跑到后院的猪圈边撒尿。完事了再急忙跑回来,回来后二胡保准没讲,在等着我,我一坐下,他就接着讲。

二胡会赶马车,是生产队的车把式,大牲口使唤得好,多么烈的马,到他手里,都变得听话了。

队里有一匹大红马,脾气暴烈,别的车把式轻易不用,专门归二胡用。二胡对大牲口好,在外拉脚时,自己舍不得吃的饭食,拿出一部分来喂牲口。遇到上坡或不好走的路,二胡套一个绳子在前拉,或者在车后面推。过了这一段难走的路,就用手拍拍马的头,给予鼓励。

但大牲口真尥蹶子时,二胡也真打,我就见过一次。不知何故,把那匹大红马拴在树上,用赶马车的鞭子抽。

二胡的鞭子特别长,一丈多长,鞭子鞘带一个红布条,抡起的鞭子带着哨声,啪啪地抽在马后背、肚子上,疼得马嘶鸣着乱窜。

二胡毫不手软,一鞭子一鞭子抽,看的人都不忍心了,二胡还抽。抽完,马就老实了。二胡抱住马头一动不动,大红马像一个犯了错的孩子,依偎着二胡。

这一刻,我不知道二胡在想什么。

二　　重

我十岁时，二重四十岁左右，一个老光棍。

我住大街，二重住后街的苗巷（西东人读 jiang）里，苗巷是连接大街和后街的细长小巷。我们一帮人去二重家的时候，觉着真远啊，现在看，也不过四五百米。

二重中等个，走路猫着腰，智商略低于常人，但也不是傻子。干农活儿很是舍得卖力气，力气又大，这样和他搭帮一起干活儿的人就多。

这些不是一个孩子所关注的，我关注的是有一天二重捡了一个媳妇，一个不知道从哪里来的傻子。这傻子据说先在狗妮那里悄悄待了一天，后来不知怎么，送到了二重家。

这下子全村热闹起来，我们一帮孩子热热闹闹跑到二重家去看，傻媳妇背朝大家坐在炕上，不说不笑，头发乱糟糟的。

我们几个孩子在一群妇女中间挤来挤去，叽叽喳喳地说着话。妇女们试图和傻媳妇说话，傻媳妇不说话，发出哼哼唧唧的声音，没有完整意思的表达。

我听不清，就问身边的一个胖妇女，她说啥？胖妇女白了我一眼说，听不清。

一波人来了，去了，又来一波，我们几个孩子兴奋地在人群中钻来挤去，我也不知为啥要挤来挤去。二重在院子里不停地走来走去，一会儿拿起扫帚，一会儿拿起铁锹，收拾院子。二重不跟大家打招呼，大家觉得也没必要和二重打招呼，又不是来看二重的。

二重头裹着一块白中带着一条红杠的毛巾，穿着一件黑色的脏兮兮的夹袄，黑裤子。我的印象中，二重从来就是这身衣服，从冬到夏。

显而易见，面对众人，二重有点儿不知所措。

后来，据说那傻媳妇又走了，怎么走的不知道。有人说，是二重扔了。

一个人咋扔呢？我一个小孩子想不透，想了一会儿就不想了，就跑着找小伙伴玩去了。后来就再也没有去过二重家，但从他家门口路过几次，每次都禁不住伸头从他那破院墙往里看看，啥也看不到，一副破破烂烂的样子。

二重父亲七十多岁了，驼着背，精神不济的样子。据说（小伙伴之间互相讲）二重家过年包的饺子，晚上没吃完，二重半夜起来撒尿，找到饺子吃了几个，这一吃就没停住，竟然把剩下的一碗饺子全部吃光。

第二天家里来一个亲戚拜年，他老父亲说，别走了，在这吃饭吧，一找饺子，没了。问二重。二重说吃了。气得老父亲拿起扫帚就要打二重，二重转身就跑。

这故事被我们小伙伴反复演绎，每次大家都哈哈大笑，好像这事特别可笑一样。其实，我们几乎每一个人都干过半夜起来偷吃饺子的事，只不过，吃得少，没被大人发现，自己也不说而已。

二重走路极快，我见过他走路，一阵风一样从眼前刮过，只能看到他的背影。走路快的人一个特点，就是不管走多远的路，可以始终保持一个速度。

有一年二重在邢台修水库，离西东村有一百多里地，一天不知家里有什么事，或者二重以为家里有重要的事，吃了晚饭就从水库开始向西东走，天不亮就到了西东村，第二天下午吃晚饭时，返回水库的工地，天不亮就到了，倒下就睡，天亮和大家一起吃饭上工。

二　月　二

二月二，在西东算一个节日，尽管不如山区里过得隆重。

二月二龙抬头，在西东要做两件事，一个是做特殊早饭，一个是理发。早饭要早，天刚亮就吃，吃面条加饺子，这是很少见的。先煮上饺子，再煮点儿面，盛饭时，一个碗里要有饺子，饺子上面是面条，多粗的面都叫龙须面。吃饭时要上供，给井神上供，西东没有河、海，没有龙王庙，那时西东没有任何庙，土地庙也只是个"遗址"。

发是一定要理的，那天一些孩子就被大人摁着理发，我一般在堂哥家理发。我们一群四五个小弟兄到了堂哥家，堂哥就拿出推子，给我们围上一个白包袱皮儿，开始理发。堂哥的理发技术在我们这片算是好的，但推子不行，老是夹头发，夹得我龇牙咧嘴，堂哥就笑着说，咧啥嘴，咧啥嘴，一帮小弟兄们都笑了。

小孩子怕理发，怕疼。那时的小孩子还怕啥？还怕洗脸。大人给小孩洗脸，用手使劲搓脖子上、耳朵根上、脸上的污脏。那污脏成了皴，太牢固了，不用力搓不下来，那种疼，对于小孩子来说，相当于酷刑了。龇牙咧嘴地叫着，大人还不手软，继续用力。但这种疼，依然不能跟理发相比，但二月二这天理发，是不可更改的。

二月二是杨村庙会，杨村离西东一里地，大家从四面八方到杨村赶庙会。我是必去的，大人给一毛钱或五分钱，我就跟着邻居新社等几个人去，庙会上新社买了糖豆给我们几个吃。

新社神秘地说，看见我怎么花钱了吗？我说，没看见。

新社一张手，手里有两毛钱，是半截的。走，再花了这半截钱。

我们去喝糖水，一人一碗，喝完，新社花出了半截钱。

这次我亲眼看见，新社把半截钱卷成一个筒，这样看起来，像一个整钱，小摊贩主就没有看出来，直接结了账，还找了钱。

一张钱，用两次，原来是这样啊。

我们继续在庙会上转,你推我搡,你拉我扯,东瞅瞅西看看。在村中间的一个卖糖豆的摊子前看时,出事了。两个戴着大盖帽的税务人员来了,三句两句说岔了。一个税务人员把铺在地上的摊子抄了,用力一甩,糖豆四下乱飞,下雨一样。围着的人一看,抢吧。呼啦一下,四处捡拾糖豆,我也赶紧捡拾了一把,撒腿跑走。

心里那个高兴啊。

为啥老写买糖豆呢?因为那时庙会除了卖农具的,大约就是拉西洋片,就是卖糖豆、糖水的了。

一个物质稀缺的年代,有糖豆、糖水买,感觉生活挺不错的,多少年过去了,现在每每说到糖豆,嘴里就会生出一股甜中带一点儿酸的味道。

谁不希望自己的的生活中有点儿甜呢?哪怕是一个农村的小孩子。以至于甜成了一个象征,比如说生活是甜的,爱情是甜的。

放 蜂 人

说来也奇怪，十里八乡，甚至隆尧县、柏乡县等附近几个县也没有放蜂人，独独西东有两户，牛三是其中一户，且一放多少年。

牛三家小日子过得不错，吃得饱穿得暖。我自小就认定放蜂是一个好职业，也是一个技术含量高的职业。

牛三放蜂有两种本事，一个是放蜂，一个是招蜂偷蜜，后一招的确是牛三的技术活儿。

每年春天，牛三都会到茅山寻大量野蜂，一旦发现，他就穿好工作服，戴好特制的放蜂帽子出发了。

悄悄靠近蜂巢，用一个特制的撑起来的大口袋罩上蜂巢，然后，闭住呼吸，猛然用力，手中长柄铲子从蜂巢的根部把蜂巢一下铲下来，正好落在他的大口袋里。

余下的蜂，跟着他，或陆陆续续从四方飞来跟着他，这样连蜂带蜂巢都成了他的战利品，带回自己的蜂箱中。蜜留下，蜂收编。如此三番，他的蜂队伍就完成一次小扩张。

牛三的家挨着学校的操场，一些蜂常常飞到操场，引起一些女生的尖叫。

我跑过去,抓了一只蜂,用唾液弄湿蜂的翅膀,把蜂的翅膀向后背,粘在一起。用手拿着蜂的翅膀玩。王二不小心,被蜂蜇了,不由得尖叫一声,赶紧用唾液抹在被蜂蜇的地方,然后用手把蜂的刺挤出来。一脚把蜂踩死。死了的蜜蜂依然要注意,我们叫死蜂针,就是死蜜蜂也蜇人。

对于男生来说,牛三的蜜蜂不可怕,可怕的是野马蜂,蜇得厉害,毒劲大,疼、肿。但掏马蜂窝是我们一项保留刺激的节目。当然被野马蜂蜇,也是正常。

常捅马蜂窝,哪能不挨蜇。

冬天的时候,牛三带着自己的蜜蜂去南方,找一个有花开的地方。牛三从北方到南方,不管如何,光这一路的见识,就足够在西东傲视群雄,让大家羡慕。

牛三的蜜都卖给谁了?这个我并不知道,西东人不吃蜜,太贵、太珍稀,也吃不起。

西东人说甜的时候,不说像糖一样,糖,大家都吃过,那味道都知道,说像蜜一样。说谁家的日子好,就说像掉进了蜜罐罐。

牛三放蜂就不用参加生产队的劳动,每天穿得整整齐齐、干干净净。牛三人也白净,留着分头,加之见识广、口才好,这样牛三看起来像一个脱产干部一样,在村里有些威信,受人尊重。

后来包产到户了,再后来不知为啥,牛三不放蜂了。不放蜂的牛三照样过着好日子,由于年年去南方,认识许多南方人，这样不放蜂后开始倒卖大米，从南方运来整车的大米卖。那时隆尧基本上还没有大米，生意红火。这样牛三成了西东第一批做生意的人，第一个万元户。

焚　书

上小学三年级之前，整个西东村，几乎没有人家里有书。这里的书指除了课本之外的书。我家有，放在东边屋的一个箱子里，半箱子。

有事没事，我常常一个人打开箱子，拿一本书看会儿。但多数的书，我看不懂。那种黄色的书纸，特别薄，竖行字。

后来，等我想起家里的古书，再找的时候，几乎没有了，只找到《中药材手册》《医宗金鉴》之类的，但已经不是古书了，是1960年人民卫生出版社出的。

后来听奶奶说，早年家里有几箱子古书，"破四旧"时做饭烧了。

做饭烧书，也太奢侈了吧！

做晚饭时，偷偷烧的，怕人发现。让人发现咱家还有这么多古书，可不得了，当时咱家正在挨批斗。

还有更可惜的，后来听岳母讲，二十世纪六十年代，家里有许多字画，也是偷偷烧了，有两个先人传下来的瓷瓶，都是晚上悄悄砸碎，挖坑埋了。

说到焚书这事，我家只是一般小富，就算有些书画，价值也有限。一次听一个老师讲，有个叫冯英杰的，父亲是军阀出身，家里有钱，他喜欢书画，学习书画创作。到天津收书画，那时正是公私合营期，有钱人家被运动吓破了胆，见有人收书画，纷纷把珍贵的书画以极低的白菜价卖给了他。望着家中的书画，冯英杰觉得这下自己发了大财了。

谁想，不久"破四旧"开始，冯英杰的一些书画被收走，他和他爹开始被批斗。

家人商量来商量去，劝说冯英杰焚书画保命。就这样，在一个夜黑风高的晚上，大批的名书画在大火中和火成为一体。

多年后，有人估计，这些书画的价值，买下县城两三条街，应该没啥问题。

风吹麦浪

风吹麦浪，是我上五年级时常用的一个比喻，也是我常见到的一个场景。

微风吹来，齐腰高的麦子整齐地站在田野，你挤着我，我挤着你，肩膀一般高，头一般平，大小也差不多。西东人说，肩膀齐，是兄弟。这点麦子懂，所以一块地的麦子长得高低差不多，要高都高，要低都低。

风吹过来的时候，你扶着我的肩膀，我扶着你的肩膀，一起摇动，一起向一个方向倾斜，然后再直起腰，向另一个方向倾斜。像一张纸一样平整，在风中荡漾，像我和哥哥在麦子里干活一样，总是一前一后，无论从哪个方向看上去，我俩都是一条直线。

风吹麦浪，麦浪就起起伏伏，波涛一样。那时我几乎是一个没有审美的孩子，但我依然感觉到麦浪起伏的诗意和好看。如果我正站在麦田中浇地、除草等，就会被绿色的麦浪所折服、所淹没，感觉自己也是绿色的一样。

麦田的草，以麦柞为多，开着小白花，一薅一大把，一会儿就能薅半筐，背回家喂猪，猪特别喜欢。后来才知道这草也叫荠菜，人也可以吃。

除了薅草，我更多的是给麦子浇水，麦子的高度挡不住我的视线，可以一眼看好几里地出去，春天不冷不热，地不干不燥，干起活儿来最为惬意。

小麦需要常浇水，冬天之前浇一次冻水，让地瓷实些，免得冬天把小麦的根冻坏。开春后浇一次开春水，从冬眠缓过来，就开始长了，在收割之前一般要再浇上四五次之多。

绿油油的麦子，真是好看。到芒种之前，我上午看一次麦子，下午看一次麦子，一直是绿的。

芒种三天开镰，可眼见麦子是绿的，咋开镰？我问父亲，父亲笑了，说，别急，咱一起看，看到时候能不能开镰。

转眼芒种就到了，上午到地里看麦子，麦子是绿的，父亲薅一个麦穗，在手里揉揉，噗一声，用嘴吹去麦芒和麦子皮，放在嘴里嚼嚼，笑容满面地说，差不多了。

第二日，再看麦子，哎呀，黄了一小半。一夜南风起，麦子熟了，父亲说明天就开镰。走，回家磨镰刀去。

到家，从墙上摘下挂了一年的镰刀，用手三下两下抹去镰刀上的灰尘、蜘蛛网。从角落里找出一块磨刀石，一屁股坐在地上，向磨刀石上倒一点儿水，嚯嚯地磨起来，不几下，镰刀露出了自己的真面容，闪闪发亮，把手指放在刀刃上试试，嗯，够快了，够锋利了。

第三日，早早起来，拿着镰刀到地里。麦子已黄，南风吹过，金色的麦浪起伏，这大约就是各种照片、图画里的麦浪吧。

大地呈现金子的颜色，人人露出幸福在握的笑容。

人们三三两两站在自己的麦田里，先是畅想一番幸福的收获，然后开始弯腰割麦子。低头抬头，都是满脸的笑容，阳光一照，好像每个人也都是金色一样。

风吹着眼前的麦浪，身后是割倒的麦子，一捆一捆已躺倒一大片，像一布袋一布袋的金子躺在麦田里，半拃高的麦茬斜着眼和太阳对视，金色的光，把麦茬照得透亮。空气中弥漫一阵阵麦子的清香，让人喜悦。

金色的麦茬就这么在地里待着，我想麦茬大约是希望镰刀早点儿来的吧，只有镰刀来了，麦茬才诞生。对于麦茬来说，自己的诞生是重要的，谁的诞生不重要呢？

接下来，麦茬有两种命运可选择，但麦茬自己又没有选择权。

一是被一把火烧掉，在火里完成一种死亡和新生。热烘烘的天气里，一把火来了，这时候的麦茬早已干透，遇见火，就扑了上去，火越来越大越来越旺，转眼麦茬成为灰烬。然后，有人过来浇地，种玉米。

另一种选择是，在麦茬一诞生，立即有人在麦垄种玉米，然后玉米一点点发芽，长出苗。失去麦子的麦茬，看起来还是金色的，实则生命开始死亡，一点儿一点儿死亡，直到一天，最后一根麦茬腐朽了，彻底烂了，消失了，成为一种肥料。

疯子老路

老路终究是疯了，人们都替老路惋惜着。

老路的家在学校边上，听大人说，过去老路高高大大的，挺力量（利索，能干的意思）的一个男人，说疯就疯了。有人说，也是啊，这事搁谁身上，也够一壶的。

为啥？老路结婚那天，没有娶来媳妇。

接亲的马车、人，吹吹打打到了老路未婚妻小芝家门口。奇怪啊，大门是关着的，叫开门，小芝的父母说，小芝没在家，去外县她姨姨家了。

不是说好的，今天结婚吗？

我们不结了。咣当，门关住了。

这叫什么事？少见啊，少见，西东人从来没见过的事。

迎亲的一行人，包括媒人全部傻在了那里。

新郎老路，自始至终没有说出一句话。媒人赶紧再敲门，进去好一番交涉，无果。

大家只能垂头丧气回去。

回去后，老路性情大变。

老路小的时候，父母一块死了，房产、土地统统充公，被再分配。

老路跟着奶奶长大，一路坎坷，自不必说。

再后来，老路居住的老屋拆迁，据说拆出了两把手枪，用油纸一层一层包着，被公社的人收走了。这是王二悄悄告诉我的，不知真假。

幸好，长大的老路一表人才，有媒人说合，老路出了大彩礼。结果结婚那天出了那么个事，人财两空，成为西东的笑话。

奶奶一气之下，不出年，死了。

老路的性情慢慢变了，独自一个人，常常坐在大门前发呆,也不上工,不下地干活了。

队上每年分给的一点点粮食,不够吃。本来长得很精神的老路,胡子越来越长,衣服脏了不洗,破了不补。

当我上学时,一般都快步走过老路的门口,老路常常在门口坐着,自言自语,或者对着某处发呆。衣衫褴褛,一年四季露出半条腿,胡子头发又脏又乱。

有时好长时间不见老路,以为老路死了时,老路突然又出现了,一个人喃喃自语,衣不遮体,已没有了人样。

私下里多次听大人说过老路的事,说老路的父亲如何如何,说老路的命如何如何,我们七八岁的小孩子对这些事不感兴趣,我们感兴趣的是老路会不会打人,疯子是怎么一回事。

老路始终没有打过人,但老路吓唬过人,说要拿砖头砸人,别人就呼啦一声跑了。

老路的腰弯了下来,人也矮小了许多。

一个冬天,老路死了,没有吹吹打打的人,没有多少帮忙的人,更没有哭声,只有零星小雪,在西东村上空飘飘洒洒,终究也没有下起来。

班上的同学说,疯子老路死了,大家都觉得,老路死了好,甚至一些同学认为老路早该死了。

也许,对于疯了的老路来说,死了也好。

谁能不死呢?没有人可以活一万岁,对于一个活得憋屈的人,死也是一种活法。

死了死了,一死百了。除了我在多年后,用几行轻飘飘的文字,含混不清地记录了一下老路,估计,世间已没有人记得他了。

谁会记得一个无意义的人呢?

盖　房

在西东村，人生不过三件事，盖房、娶媳妇、生孩子。

余下其他的都是小事，之所以盖房排第一，是因为没有房子而想娶媳妇，越来越难。

到了现在，要是没有房子而想娶媳妇，简直难于上青天，简直是自取其辱。

谁愿意自取其辱。

西东村土改后，到1979年的三十多年里，几乎没有人盖房，盖房子是1979年之后的事。

盖房在西东是天大的事，住的都是过去的老房子，砖少土坯多。尤其偏房，更是几乎没有一块砖。夏天雨大的时候，常常听见轰隆一声，那一定是谁家的墙头，或者偏房的后墙倒了，于是就有人冒雨在墙头上盖一些塑料布啥的。

1979年西东村第一次放宅基地，三分地可以盖五间房子，有七八十户要盖房，其中就有我家、我一个堂姑家、我大伯家。盖房需要钱，父亲说，咱家只有十块钱。可是房非盖不可，老家院里太憋屈了，况且你们是兄弟四个。

没有钱，也可以下决心，然后干。

世上没有办不成的事，但肯定难。

1979年盖房，十块钱，父亲决心要盖房，这在多年后想起来都是一件艰巨的事。

有了宅基地之后，盖房的第一件事，备料。首先制土坯，就是在地里打土坯。

打土坯要两个人配合，一个把式，一个小工。小工负责供土，往土坯模里撒灰、装土，一把铁锨抡得上下翻飞。坯模是个木制的长方形的框子，一头卯榫结构，松松的用两个木片绊着，可左右开动，一头是活口。把式用一种石头做的杵子，啪啪啪，两排一个土坯杵六下，用脚后跟轻轻一磕，咣当，模子后边的板掉下来，取出模子，一个土坯就算完成，动作协调、连贯，一气呵成。

弯腰搬起土坯，摞在土坯垛上，土坯垛一般一人来高，呈弧形。在我看来，这多少是一个技术活，可以最大限度地让土坯着光，好晾干，弧形有着天然之美。

在我们家，无疑父亲是把式，尽管父亲从没有干过这活儿。实际上父亲也就是个学徒水平，打土坯比别人慢些、打得也不如别人规矩周正。

十岁的我、十二岁的哥、十五岁的姐，我们仨是小工，我们有时一起干，有时倒着班轮流干，更多的时候两个人配合着干。

在农村有三大累，打坯、搬砖、浇园，可见打坯之累。在秋季，阳光不再毒辣，云朵洁白，天空瓦蓝，西东村的田地里四处都是打土坯的人，很热闹的样子，家家都是老少父子兵齐上阵。

打坯的声音，伴随着收音机里的评书，在辽阔的田野上行走，回荡，成为时代的一个背景。

土坯在阳光下晾晒着，在风里一点点干透。

土坯并不孤独，东一垛，西一垛，互相打望着。尤其是晚上，干活儿的人都回家了，狗也回家了，田野里越来越干净了，除了几块土坷垃，就一无所有了。土坯们就互相聊天，你一句我一句的，高一声低一声，说着自己的感受和见闻。

一些土坯本来是田野地下的土，突然走出地面，成了一块土坯，就有些不习惯，就有些小兴奋，免不了和另外的土坯说说悄悄话。

这样一来，几个就近的土坯垛就显得热闹起来。热闹归热闹，但毕竟土坯出身田野，一生也不可到城里看看，见识就有限。而总有一块土坯走到了城里，必是因了种种缘分，有了另一种命运。

到了白天，土坯就又安静下来了，接受日晒和风吹。

日复一日，差不多经一个多月的晾晒，就干透了，就要拉到新宅基地上。

拉土坯用排子车，我和父亲一辆车，天不亮就起来。父亲拉上排子车，我坐到上面，晃晃荡荡到地里拉坯。

从土坯垛上搬土坯，一个土坯十八斤，那几乎就是我能搬起来的最大重量，搬上十几个就累得直不起腰来。

多年后，在施工工地，弯腰就成了一种生活，我常常弯下腰，长时间不直起来，一旦直起来，必是完成一项重要工作。

装了车，我便负责抓好排子车的车辕，防止翻车，剩下的就是父亲一个一个装土坯。装满一车，我在车辕上绑上一个绳子，在前面拉偏套，父亲驾辕。

乡间的小路上，我弓着腰，埋着头，撅着屁股，用力拉车。

我和父亲拉着一车土坯艰难前行，一车又一车。拉车这活儿就是这样，不用力拉，排子车就不走，用一下力，排子车就走几米，来不得半点儿虚头巴脑。

所以，在拉车的时候，我几乎没有思想，只是埋头拉，眼睛看着地面，偶尔看看天空。

说劳动者的脊背是一张弓，我信，我小小的脊背就是一张小小的弓，弯着。说越忙碌的人越无思想，我信。

一次雨后，泥路坑洼，有许多泥水，我和父亲拉着的排子车陷在泥泞里了。

正在一筹莫展之时，身后来了一辆马车，也是拉土坯的，赶马车的一看是我父亲就说，岐子哥啊，来来，我帮你推。他就把马车停下来，帮着我们把车推出来，然后，让马车自己走，他一直帮我们推了好几十米。

有人帮我们推车，果然轻松了许多。要是一直有人帮，多好，我想了想，禁不住笑起来。

赶马车的人我认识，叫小马。年龄和父亲差不多，一个壮实汉子。那时候，有一辆马车，真是令人羡慕。

后来到村里的砖窑拉砖，到地里拉土，有了拉土坯的经历，这些都习惯了。不过好多时候拉土，是我和哥哥，我们两个半大小孩一次就拉半车土。

我们自己装车，自己拉车，自己卸土。我们一次次弯下腰，一次次又直起身。一次次把自己弯成弓，一次次把自己射出去，又一次次把自己按在生活的弓弦上。

这样看来，我很小的时候就开始了弯腰，开始了咬牙坚持。

西东村没有专业的盖房队，都是互相帮忙，主家管饭就行。父亲一次又一次请来邻居、把式、朋友来帮忙。先把我们的三间旧房拆了，把木料、有限的旧砖从老屋运来。

父亲有一个特别好的朋友，我叫老根叔，在我们盖房期间，基本上都在帮忙。

老根叔的大闺女，我叫霞姐，和我哥一样大，也经常来帮忙。我和哥干啥，她就干啥。我们一起搬砖，一起把拆下来的旧砖上的白灰用一个铁铲子刮掉，刺啦刺啦地一块砖一块砖地刮，那时候干活儿没有手套，我们的小手在与砖的摩擦中，一点点粗糙、坚硬。手指肚却一点点变薄，挨着砖就钻心地疼。

请来帮忙盖房的人，不给钱，管饭。那饭就得尽可能好些,一般吃馒头、炒菜,自己家人一般吃窝头。霞姐就和我们一起吃窝头,干远远超出小孩体力的活儿,却不吃馒头。我都替霞姐难过,可是霞姐说,没事,你吃啥我吃啥。

可是我也难过,我想吃一个白面馒头,可我知道,我不能吃,我是一个懂事的孩子。

盖房时,冬天了,全家人不分昼夜在风中、在寒冷中忙碌着。

盖房就是你永远不知道有多少活儿要干。我常常觉得活儿干完了,可是明天会有更多的活儿。

在过年前,房子终于盖好。父亲站在房前,对我和哥说:这是咱家第一次盖房,过去你爷爷,你老爷爷在时,盖过房,谁谁家、谁谁家、谁谁家的房就是咱家盖的,土改时分了,那时我小,没参与过,哎,盖房真不是一件容易的事啊,啥啥都是赊账。

我和哥听了,都低着头没说话,也不知道该说什么。

等我再抬起头,我看了看父亲,看了看哥,看见了父亲眼中似乎有泪花闪动。

干　　粮

西东把主食叫干粮,但不包括面条。面条就是面条,面条是干粮之外的主食。

好吃的干粮，就是馒头了，所以馒头不是用来随便吃的。只有在过年的时候，也仅限于年三十和大年初一这两天，这里说的馒头是实面的，不掺其他粮食的馒头，否则就只能叫掺面馒头。

馒头有掺棒子面的、有掺高粱面的，也有掺山药面的。但不管掺啥面，里面都有麦子面，有麦子面就好吃，就香。全麦子面的馒头，太好吃，放在嘴里都舍不得嚼，嚼了也舍不得咽下去，几乎每次都是含成糨糊咽下去的，那时我的口水格外多。

常年吃的主食主要是窝头，窝头有棒子面的、山药面的。山药面窝头，又叫玻璃窝头，黑中透亮，摸起来细腻，吃起来倒也有些筋道。

娘在蒸窝头的时候，一般下米汤。米汤不是粥，一大锅水，抓一把米，以汤为主，就是有米的味道而已，幸好那时的米都香，不像现在的米，没有香味了。

如果世界上评一种最难吃的窝头，我推荐一种叫粉渣窝头的，生产队的山药做完粉条剩的渣子分到各户喂猪。娘舍不得喂猪，就把它掺在棒子面里一起蒸成窝头。

渣子一般半个红枣大小，粗糙卡嗓子，难以下咽，我一口下去，咔一声，就卡在嗓子处了。那时我的嗓子多粗啊，都卡住了，可见其难吃的程度。想把它嚼烂了，再咽下去，那几乎是不可能完成的一种任务。

吃难吃的东西往往是没有选择的，如同人遇到困难就没有选择，有选择的都不叫困难。

后来上了中学在学校吃饭，学校蒸一种叫捧子的玉米面干粮，就是双手一捧放在锅里蒸，形状介于窝头和饼子之间。每天捧子加粥，没有菜。粥一定是糊的，散发着浓重的糊味，如果从中发现了老鼠屎，捡出来，扔了就可以了，不值得大惊小怪，要不会让同学笑话。

食堂几年来从没有过菜，我们一般周六下午回家，周日返回学校时带一提篮馒头，一罐头瓶咸菜。

一瓶咸菜能吃几顿？周二就吃光了。没菜其实没啥，没主食了才叫麻烦。有时到周五就没干粮了，买点儿捧子吃。有时到了周六，饭票也没有了，怎么办？

当填饱肚子是唯一要求时，各种招数就来了，现在想想有的挺可耻。初三那年，我们几个人就干过偷馒头的勾当，一次学校食堂的卖饭口忘记插上了，这个秘密被我发现了，往里一看，离窗口一米五左右的地方有个笼屉，笼屉上有二三十个馒头。

在上晚自习时，我和爱红拿了学校的标枪，偷偷到食堂门前，打开卖饭口的小木门，我望风，爱红用标枪扎馒头。不一会儿，就扎了二十个。到了宿舍，晚自习也不上了，打了半桶半开的水。开水就馒头。我和爱红，各自吃了三四个馒头，爱红一边吃一边说，真好吃，咱真牛啊。

到周六，实在没干粮了，下早自习的时候，钟声一响，我和爱红就飞快冲出教室，小跑到食堂门口。门口有个一米高的木架子，用来放笼屉的。许多人用网兜装了馒头在食堂馏。

一开饭，食堂就把装满馒头的笼屉抬出来，放在架子上。我和爱红第一个跑到了笼屉前，大多同学正在慢慢腾腾离开教室，他们不知道就在此时，发生一件大事。

我和爱红一人拿起一个装满馒头的大网兜，飞快跑到宿舍，把馒头倒进书包里，把网兜藏起来，装作没事人一样，拿起小组的饭桶，哼着歌主动给小组打饭去了。

低年级的学生丢了馒头，是不敢来高年级宿舍找的。我们吃了别人的干粮，至于别人有没有干粮了，是不是挨饿了，我从没有想过。

肚子是个不争气的东西。

正值少年，能吃啊，有多能吃呢？一次爱红母亲来给爱红送干粮，送的是花卷，一提篮。正好是上午第四节课，我和爱红、小中，我们三人坐在宿舍里一边看书，一边开始吃，不知不觉几乎要吃完，大家才惊呼起来，赶紧停止。

学校外有不少小饭馆，我们带上馒头到饭店烩一下，饭店收两毛钱，就是用一点儿菜给我们烩馒头。

那家伙好吃，觉得这简直就是奢侈了。有时带挂面，饭店也是收两毛钱，给我们煮一下，白水挂面，满满一大海碗，吃得狼吞虎咽，热气腾腾。吃挂面要是就菜，那太浪费了。

一年冬天，无意中发现学校的白菜窖就在食堂不远的菜地里。一次与我关系好的王老师周日回家，我和爱红就在王老师的办公室学习，并负责给他看火炉。我们俩人一商量，决定弄个白菜吃吃。

在天彻底黑透时，我和爱红一人提一个水桶，猫着腰悄悄靠近菜地的菜窖，看四下无人，下到菜窖，装了两桶白菜，一人一桶，猫着腰拎到王老师办公室。自己做白菜烩馒头。

王老师的油太少，只有少半瓶。那就以水代油，白菜烩馒头，果然也好吃，吃得爱红腰都弯不下了，靠在椅子上，闭着眼摸着肚子，一副心满意足的样子。

我在一边嘿嘿地笑着，一边走出屋门，已是半夜了，有几颗星星在夜空，透出点点微光。

供 销 社

西东有个供销社，售货员叫清友，是我同学老金的父亲，瘦瘦的，高个子，头上的白毛巾很白。

售货员在西东算一个体面的工作。我的班主任老师，二十多岁，外地知青下到西东的，每次烟抽完了就喊，老金给我买盒烟。

不管上课还是下课，老金接过老师递过来的钱，撒腿就往供销社跑，不一会儿，一脸得意地买回烟递给老师。

给老师买烟，是一件光荣的事。

我没事到供销社玩，老金的父亲坐在凳子上，来了大人，就和老金的父亲打招呼，来了小孩，只是自顾自坐着。

供销社有三间房，门冲着大街开，里面的柜台是水泥板的，比我矮一些。柜台里面的货架上摆着笔、本、香烟、针头线脑，盐在一个池子里，酱油醋各在一个大罐子里，煤油在一个铁皮桶里。

我没给老师买过烟，我只给我父亲买过烟，买两毛一盒的菊花，黄盒的。父亲烟瘾大，抽旱烟，自己卷。家里来人了，父亲才说去给我买盒烟。不用说名字我就知道买菊花。那时来我家的主要有老根叔、小全叔和苗老师。

供销社对于我来说，或者说对我家来说，主要是给父亲买烟、买盐、买煤油、买铅笔，就这些了，再多我家也没有钱了。

说到买盐，我犯过一个错误。一天，娘给我五毛钱，一个毛巾，让我去买盐。我走到大街上遇见一个耍猴的，就看了起来，突然想起要买盐，撒腿就跑向供销社，到了，刚要买，突然发现钱没了。

钱不知弄哪了，钱明明一直在我手里攥着啊，可还是没了。这丢失的五毛钱，直到现在我还会想起。

骂是挨定了，好在我有这个心理准备，把头一低，不说话。

第一次知道面包这个东西，也是在供销社里，一天，我正在供销社门口和勇子一起玩,一个来买烟的人说,勇子叫你娘给你买面包,咱这有面包啦。

面包?我和勇子都抬起头,往供销社的货架上看了看,果然有一个过去不曾见过的东西在那里摆放着,似乎冒着香味。

勇子问我,你吃过吗?

我摇摇头说,没有。

我问勇子,你吃过吗?

勇子摇晃着他的粗脖子和头,也没吃过这种稀罕物件。

韩家兄弟

手艺人，在西东会得到尊重。

老韩家哥仨都是手艺人，老大韩春生是染布师傅，老二韩国生是木匠，老三韩秋生是劁猪匠，这在西东村不多见。

老大韩春生，一个三十来岁的大胖子，那年头胖人不多，西东村挑不出三四个，韩春生算一个。大胖子韩春生每天骑一个加重大自行车走街串巷收衣服、粗布，加工染色。到哪个村的村口，骗腿儿下车，从书包里拿出一个拳头大小的铜锣，当当当当地敲几声，清脆的锣声快要落尽时，韩老大会高喊"染——布，染——布"，染字声音奇高，是一点点升高，升到最高处时，布的声音就出来了，到布的时候骤然下落，节奏感极强。

韩老大嗓门洪亮，喊一声，半条街都能听见。

那时洋布少，穿不起。人们种植棉花，自己纺线织布，然后把织的布送给韩春生去煮染。别看韩春生人胖，但染布是行家，在四邻八乡算是染布的大师傅。染得布均匀，不褪色，价格公道。加上韩春生脾气好，善于聊天，到哪个村去收布、送布，见谁跟谁聊。和男人说得来，也能和八十岁老太太聊一起，更别说中年妇女了。见谁都笑眯眯的，话题多，笑声大，这样韩春生的染布坊就开得比较大。

后来，韩春生收了一个徒弟，走街串巷收衣服，送布的活儿，慢慢交给了徒弟去做。

老二韩国生是木匠，一到农闲，就出门给人家做木匠活儿，管吃、管住，给工钱。这样的好事，真是令人羡慕，可是羡慕也没用，谁叫你不会木匠活儿呢。

韩国生瘦高个，别看瘦，却劲大，晚上和人一起拉半夜大锯，白天照样精神抖擞做细活儿。韩国生的木匠活儿能与时俱进，开始学的时候，不过做些凳子、桌子、柜子之类的，后来时兴立柜、组合柜了，韩国生很快就能做出形式新潮、做工细腻的新式家具了。韩国生手巧，还会给家具上漆、绘画。

韩国生和他大哥一样嘴甜，说话幽默、逗人。在谁家干活儿的时候，四邻八家的孩子大人有事没事都喜欢看韩国生干活儿，听韩国生说笑话。一年韩国生在西王的一户人家做家具时，家具做好了，媳妇也订上了。

原来他干活的人家有一个年龄相当的女儿，韩国生干活儿时就搭一个下手，递一个角尺，拿一个钉子，端碗水啥的。每天听韩国生讲笑话，一来二去，就和韩国生对上眼了，说啥也要嫁给韩国生，韩国生当然求之不得。人家父母一开始不太愿意，搁不住闺女愿意，韩国生去别的村干活儿，闺女就跟到别的村，父母一看，得，认了吧。

韩国生白捡了一个媳妇。

老三韩秋生会劁猪，就是对母猪做绝育手术，对公猪的阉割。韩秋生的自行车把上永远绑着一个铁丝，铁丝上缠着一个布条，有点儿发污，但依然能看出是红的，一尺多长，迎风一飘，发出小小的扑啦啦的声音。

红布条是幌子，是韩秋生的招牌，大街上一走，不用喊，不用吆喝，连小孩子都知道劁猪的来了。

韩老三小个子，却脾气火暴，手中的刀子也快。左手提起一头小猪的后腿，右手向小猪后裆一伸，外人还没有看清是怎么回事。连小猪自己都没搞清楚咋回事，甚至连叫一声都没有来得及，就被劁了。韩老三一撒手，小猪撒腿就跑，一副惊魂未定的样子，小猪并不知道自己成了猪中的太监。

韩老三的动作快如风一般，不过三两秒的事。

更绝的是劁大牲口，主人把大牲口牵过来在韩老三面前走两圈，韩老三很自然地把手向牲口的后裆一伸，再撒回手时，手里多了两个肉球，向旁边的地上一扔，噗一声溅起一点儿尘土。韩老三把手在备好的药水里一浸，拿出来在牲口的伤口处揉几把，然后就好了。

看得人目瞪口呆，主人会连问，这就好了？这就好了？

好了，走吧，韩老三一边洗手一边说。

当然主人得放下钱再走。

每每这时候，都会围着一群孩子看热闹，我也常在其中。我们正在看得津津有味时，却结束了。

结束了，大家也不愿走，感觉不过瘾。急脾气的韩老三把手一挥，走走，散了，散了。有时晃晃手里的刀子，大家赶紧后退几步，这才不情愿地你推我搡地散去。

韩 真 增

韩真增和我是一个生产队的，都是七队，大我十来岁。

韩真增是韩老寿的养子，西东叫进长的，韩真增有个弟弟是韩老寿亲生的。

韩真增没上过学，那时西东村没上过学或小学没毕业的也不少，所以没上过学在西东不叫一个事。

韩真增长得人高马大，勤快，但韩真增是一个老实人，嘴有点儿笨，心眼实。所以韩真增在我们那一片口碑好，大家都说，好人啊，又勤快。

韩真增十五岁时，下地干活儿，挣整工分。和大人干一样的活儿，丝毫不被落下，别人挣十分，他也十分。后来各家分了地，也就意味着自由了，他去南山的石灰窑干活儿。西东距南山十里地，西东和附近村的人都在那里的石灰窑、石子厂、石坑干活儿，挣了钱，盖房子、娶媳妇。

刚改革开放时，大家疯了一样挣钱。韩真增的工作是砸石头，就是把石头用大锤砸成小块石头，再运到石灰厂。砸石头这活儿最累，韩真增拿个十六磅大锤，左右抡开了，咔咔地砸石头。

大锤对石头，硬对硬。

一天砸一大堆石头，到处都是大锤砸石头的声音，看起来生活十分忙碌而有希望。尽管生活看起来十分坚硬，但人们脸上仍有笑容，韩真增的脸上就常挂着憨厚的笑。

在石坑干活儿，累，一般人受不了。累就能吃，有时候，老板请他们吃饭，就是吃炒饼，每人二斤，也就勉勉强强够。累，就挣得多些，一个月下来能挣一百多块钱。那时候，上班的干部一个月也不过五六十元。

人们都说，厉害啊，真增你比干部挣得都多，让你爹给你娶一个媳妇。

后来知道在石灰窑可以挣到更多的钱，韩真增就去了石灰窑。经过几天的实习，他开始出石灰和漏石灰。这活儿不仅累，还烫，不小心就会被烫一下子，还脏。整天在白灰中干活儿，大远一看，就是一个白人，离石灰厂几百米的路上都是白的，路边树上的叶子，都是白的。

没有人戴口罩，一个人都没有，其实想戴也没有。

天不亮，韩真增就骑自行车到南山，中午吃自己带来的干粮，老板提供热水。没有菜，西东人不习惯吃菜，当然主要是没菜。天黑到看不见干活儿了，下班，骑着自行车回西东，一路上，到处是哩哩啦啦的人，都是上山下石坑的。

据说，韩真增一个月能挣一百五六十块钱。我听了，简直都有点儿神往了，心想，将来考不上大学，干这活儿也不错，挣这么多钱。

韩真增娶了一个媳妇，媳妇比他还老实，不爱说话，人长得矮，干活儿也不行。

后来，韩真增有了一个儿子、一个女儿。

几年前，南山不让开山采石了，实际上南山已经被挖空了，只剩下一个薄薄的山皮，把山皮推进石坑里，连半石坑也填不平。几个夏天过去，南山石坑成了水库。一泓碧绿的水，安静地躺在山中，里面的水清澈见底，很是好看，起了一名字，叫魔鬼城，成了旅游点。

韩真增不再上山下石坑后，岁数也大了，就在家种地，到建筑队打零工。前年病了，一查癌症晚期，没治，直接从医院回家了。一次我正好在西东村小住，路过他家门口，遇见他媳妇，就多说了几句话，进门去看韩真增，这个一生不爱说话的人，躺在床上，空洞地看着我，好像这已不是人间。

韩真增的一双儿女，都没在家，一个已婚，一个未婚，均出门打工。他家的房子盖好三间，两间未盖。他矮小的妻子给我拿出看病的记录，怀揣着医院的白纸，像怀揣着当年的儿女，紧张，不知所措。未亡人与等死者，茫然地处在一个空间又各自不知所措。

走出韩真增的大门，心里想着，别急啊韩真增，时间会还你一个结果，让孩子们各行其是吧，让未亡人哭出声吧。

至于吹吹打打是一个月后的事了，坟墓选在了靠茅山的那片林子，那片林子曾在天亮之前陷入虚空。

薅　草

薅草，曾经是我最主要的事。

我从很小就开始薅草。多小呢？要是背一个粪筐，就得把粪筐的底儿顶在头上才能不拖地。但顶在头顶上，硌得头顶疼，所以就常常拿一个包袱。到了地里，把包袱往地上一铺，开始薅草。我一直觉得薅草这个词比拔草更准确，因为有的草根系特别发达，有的草蔓特别大，地旱，特别硬，别说小孩子，有时大人也拔不下来，只能薅断。有些草没必要拔下来，薅走地面以上的就可以。

上小学后，从四五月份开始到秋天，只要一放学，回家后的第一任务是拿一块窝头，背起筐，边吃边向地里走。薅的草主要是喂猪，也喂过兔子，但时间不长。西东村家家都喂猪，一年的零花钱靠喂一头猪来解决。猪吃得多，薅的草是猪的主要饲料。到了深秋时候，草就老了、黄了、干了，尤其是一些串蔓草，猪都不愿意吃，只能用来积肥。

其实也不单单是薅草，还要拾柴火，把一切能拾到筐里的玉米秸、高粱秆、树枝等都捡拾进去。冬天树秃了，叶子落一地，我就拿着木耙子出发，呼啦呼啦把路上、树下的树叶、烂柴火搂成堆，用筐装了，背回家，很有成就感的样子。

　　那时的草并不像现在这么多，由于贪玩，有时薅的草不多，回家又怕大人说，就把草在筐里弄得特别虚，看起来多一些。有时甚至在筐里用树枝把少量的草支起来，使筐看起来是满的。到家了，一看大人没注意，赶紧把草倒进猪圈里，心里悄然舒口气。我们在一起薅草的小伙伴常讲一个笑话，模仿大人的口气问，今天薅了多少草？另一个说，一大筐。加重口气问，多少？一筐。到底多少？一筐头。说完大家哈哈大笑。

　　小孩子们一起薅草，有时也暗中较劲。你比我薅得多了，我就赶紧薅，非得跟你差不多了，心里才平衡一点儿。要是比别人薅得少，觉得是一件很没有面的事。就是走在回去的小路上，也要一边走一边薅几把。一个一薅不要紧，另一个也争着薅几把，好像不薅，他就吃亏了一样。

　　一个小孩，弓着腰背着一大筐草，歪歪扭扭地走在乡间的路上。累了，就放在土坡上歇会儿，呼呼地喘着粗气。等再背起来的时候，得咬着牙用力才行，跟跄几步，好像地不平似的。

　　当时以为，天下的孩子们都在薅草，都在背着一个大筐走在回家的路上。

　　上小学四年级时，学校养猪，让每个学生上交猪草，并分了指标。我们几个同学放学后做伴到玉米地里薅草，钻进茂盛的玉米地，又不敢钻得太远了，怕互相看不到对方。大家就在一起，见几把草就抢着薅，比谁手快眼亮。蹲在地上，或者猫腰向前走，一边走一边找草。低处的玉米叶少，不划脸。累了，大家就坐在浇地的水沟上讲故事，讲各自看来、听来的故事。偶尔看到一只蚂蚱，立即起身，弯着腰，脱了鞋，一扑。一只蚂蚱就落到了手中。

抓着蚂蚱腿，大家你玩会儿，我玩会儿。

一望无际密不透风的玉米地，包围着我们几个小孩子。我们在玉米地里坐着，感觉安全又神秘，好玩，感觉整块玉米地都是我们的了。

薅了草，大家一边笑着闹着，前前后后到学校交草，有老师拿着秤，一一过秤。月底对完成任务的同学奖励几支铅笔，对没有完成任务的批评一两句，不过只有少数女同学完不成任务。后来，不知为啥学校不养猪了，也就不用交草了。

一年初秋，我和大哥、一个堂哥去离家五六里地一个叫红山的地方薅草。为啥叫红山，是因为那里有个地震台，叫红山地震台。我们去的时候三人拉着一辆排子车，带着干粮，那次的干粮是蒸饼，算是不错的干粮。那个地方果然人少，草多，一上午薅了一排车的草。中午吃饭时把水喝完了，我说，我去红山地震台弄点儿水，就拿着一个旧水壶去了，进了门，四处找自来水管。看见一个端着饭的中年男人，进了一个会议室。门前有水管，屋里正在演电视。令我奇怪的是，他端着一个饭盆，吃的饭是馒头和炒青椒。他们吃饭没有粥，也没有汤，馒头就菜。他们不用大海碗、筷子，用白色饭盆、勺子。西东村吃饭可以没菜，但不可没粥或汤。所以，我觉得他们的饭，肯定吃了和没吃一样，因为他们和我们西东人吃的饭不一样。

红山地震台的人都穿得整整齐齐，男的都穿雪白的衬衣、黑裤子，显得干净利索，不像西东村的男人，都脏兮兮的。后来我上了中学，我的同学竟然有红山地震台的，尤其是坐在我前排的一个女生，就是红山地震台的，每天都穿得干干净净的，长得也清秀，还特别能说。红山地震台的人都是吃商品粮的，我们自己都感觉吃商品粮的人，比农村的人要高级些。

在西东，常会感觉全世界的人都比自己高级。

和父亲一起下地

父亲扛着一把镢头走在前面，我扛着一把镢头跟在后面，我们相差一个多身位。

父亲的个子不高，腿也不太长，走路的速度不快，而我走得更不快。我们走在一条小路上，小路宽不过一米多点，两边是玉米地。玉米已经收走了，玉米秸显露出一些破败之状，一些在发黄，一些在干枯。

父亲灰白色的布衫，有点点汗迹。父亲卷着裤腿，一只高一只低，不一会儿高的那只突然落下来，父亲停住脚步，用手向上一撸，撸到膝盖处，一挽，又继续前行。

父亲走着，不说话，我也不说话，有啥好说的呢？

父亲走得很镇定，他的脚步在阳光下显得稳重。父亲是一个干啥都不着急的人。是啊，有啥着急的呢？父亲常说。父亲是一个稳健的人，一生如此。可如此稳健的人咋就被打入另册了呢？我不理解，也不敢问。

我们走了一会儿，就拐上了一条更加狭窄、高低不平的路。父亲的脚步在杂草中走着，不时有杂草缠住他的脚。杂草却不缠我的脚，我每一步都踩在杂草的头上，这样看起来就像跳着一样，走着走着，我禁不住发出了几声笑声。

到了地里，父亲并不忙着干活儿，先卷一支烟抽。我没有休息，就开始刨起玉米秸，我刨得慢，得先刨，我知道父亲一会儿就能追上我，超过我。

父亲摘下草帽，一边扇着风，一边抽着烟。父亲把目光看得很远的样子，我想，再远的地方也是玉米地，看得远也没啥用。

这是我第一次刨玉米秸，但我觉得没啥难的，左手抓住一棵玉米秸，向怀里一搂，右手把镢头抡圆了冲玉米秸的根部以下用力刨就是，刨一下，再刨一下，只要用足了力，一棵玉米秸就从土里到了我的左手里。

我低着头，弯着腰，用力咔咔地刨着玉米秸时，果然不一会儿，父亲追上了我。

我想超过父亲，就用力刨，可是父亲还是超过了我。

父亲一下一下刨着玉米秸，父亲干啥都是一下一下，不像我，第一下还没干完就想开始第二下。父亲说，别急，你还小，一下一下干，累了就直起腰，看看天空，看看天空的云彩，看看天空飞过的鸟群，你的世界将来在天上呢！要有信心。

我的生活为啥在天上？我不理解。休息的时候我问父亲，那时候我上了小学五年级，我对未来一无所知。

父亲笑笑，父亲说，我的儿子我知道。

父亲说，生活会变，你会有自己的生活。就像这块地，过去我小的时候是老刘家的，后来成了集体的，现在成了咱家的。生活中有许多土堆，土堆里埋着许多东西，其实土堆也是一个坎子，踩在上面，你就高了。

这些，我听不懂，也不管。站起来，向手心吐了口唾液，继续抡起镢头刨玉米秸。

父亲笑笑，看着我满头大汗刨玉米秸。

一阵风吹过来，周围的玉米秸发出哗啦啦的声响。

父亲也开始刨起来，一边刨，父亲一边唱起戏来，长长的尾声，碰在玉米秸秆上，叶子上，呼啦啦地响着。

这时候，我抬起头，看看天，天正在黑下来，玉米叶子也黑下来。我说，爹，天要黑了。

父亲说，刨到地头，咱就回家。

我再抬头时，天，正一点点从远处黑下来。

家门口的河

出西东向东走,不拐弯直接走,走着走着就能看到一条河,不到五里地再向前走,还能看到一条河。或者说从空中看下去,大河的西边有一条小河,像一个孩子一样任性地缓慢成长。

大河与小河,就像两棵树相邻而望,由于距离太近,风一来,雨一来,它们就暗地里拉拉扯扯。

河在地上趴久了,睡着了。风一吹,日一晒,干涸了,长出青草,长出泥土,长出荒芜。

后来有人在大河的河床里种了高粱、玉米、豆子。再后来,有人盖房就把河岸的土拉走了。这样大河有几公里已经不能叫河了。

一个没有了岸的河,也没有河底。河底成了庄稼地,就是走到跟前不仔细看,也看不出这曾经是条大河。那条小河,干脆有人用砖头、木头、石板啥的,给河加了一个盖子,这样河就成了暗河。

人就无缘无故地骑在一条河的身上行走,一条明亮的河开始暗无天日。

反正好几年不下雨了，人们对这些不再关心。

好几年不下雨了是一回事，天要下雨了是另一回事。

那天下雨了，看起来和平时下的雨没啥区别，我正在屋里做作业，我以为一会儿就能停，雨停了，我想到村外抓知了。

没想到，到晚上的时候，雨也没停。

更没有想到大雨下了三天三夜，这条渺小的被屈辱地遮蔽于暗处的河，一下子掀开了盖子。

一个水的世界大白于天下。

都过了两天了，我去姑姑家，路过这条河时，道路中断。河水把人们给它盖的棚子一下子掀翻了，把一条路拦腰冲断，冲了好几米宽，曲里拐弯的。

我没见到当时河水的汹涌，但我奇怪河水的力量，一条路在河水面前不过是一锅糟了的面条，河水一个咆哮，路就咕咚一声，落进水里，路就断了。

至于大河里种的玉米、高粱，更是尸横遍野，幸好，高粱、玉米不是人，它们的疼痛、窒息无法传递出来，也没多少人关心。种植它们的人，因为少收了一些粮食而叹息了一两声。

从高处看，这条河就是大地的一条缝隙，一只蚂蚁抬起头，看到小河，想一定是银河之水从天上来了吧，吓得抱头鼠窜。

后来，这两条河，都有了水，水不多，也不少，就一直河一样活着,尽管里面没有鱼啊、虾啊的。

浇　　地

　　浇地是一个正儿八经的活儿,没有一个农人没浇过地,包括我这样的小孩子。
　　白天限电,晚上来电才能浇地。晚上浇地需要两样东西,手电和铁锨。浇麦子地,白天好些,麦子长得矮,能眼看四面八方,一个人就可搞定。
　　天黑下来,拿一把铁锨浇地,一个人来来回回地走动着,不断地用一把铁锨改变着水流的方向。看着清清的流水,前赴后继流到麦田里。
　　一股股的水,迈着不整齐的步伐前进,总有一些水流能直线前进,前方是平整的,这样流得快些。总有一些水的前行之路遇到的困难大些,前面不断出现坑坑洼洼,先得流进一个一个小坑里,把小坑灌满了再冲出小坑前进,前进中,如果前面突然出现一个小低洼处,就瞬间掉头,向低洼处流去。
　　水往低处流是本能。但水也有着极强的攻击精神,比如水流着流着遇见一排密集的小麦,水在不能一下子冲过去时,就从四周迂回,从密集的小麦之间的缝隙一点点冲击。我常不小心一脚踩在水里、泥里,把脚陷进去,拔出时带出不少泥。

有时候遇到干旱的时候,地都裂了缝隙,水一来,滋滋地往缝隙里灌。一次中午浇地,我听到水流到干涸的地里的噗噗声,像是水流到火烧过的土地上。散发出有点儿土腥味的甜甜味道,水和土地默默地纠缠着、撕扯着。水流得很无奈、很勉强,越是如此,水流得越慢、越痛苦,这痛苦仿佛又不是真的痛苦,又有着内心的不舍和爱意。

要是给玉米浇地就好些,初秋的夜晚,风吹动着无穷的玉米叶,发出哗哗啦啦的私语声。这时候,我和大哥钻在一人高的玉米地里,在一块地的两头,一头一个人,一般大哥在水的那一边,我在看水的这一边。也就是我只负责看水到了没有,到了后再多蓄积些,就高声说"好了好了",大哥就挥动铁锨,把这一畦的水封住,把另一畦打开。

我一般是坐在地面上,看着夜晚的玉米地,不说话,胡思乱想一些不靠边的事,想累了,就看水在黑夜的地里,寂寞无声地流动,有时缓慢,有时畅快,有时跳跃几下。我不是水,不知道此刻的水,有什么感受。

水绝对不是整齐地向前流,总是有一股水冲在前面,遇见障碍物了,就绕开,这一绕就落在了后面,就有另外的水流在前面,遇见一个小土坑,就把小土坑灌满,再流。这时候这股本来冲在前面的水,就又落后了,就在后面推动着前面的水,继续流。

这时候,天空寂寞,大地寂静,玉米发出细细的咔吧咔吧的拔节声，玉米叶子发出的甜味和水流的土腥味融合着又分离着。玉米叶子也收住了自己刀一般的锋利，变得温顺起来，静静地依附在玉米秸上，一动不动，偶尔微微晃动，有着外人看不见的动，有的玉米叶子在悄悄细语，有的迷迷糊糊地睡着了。

不知何时，我实在困了，天空都睡了，玉米也睡了，眼皮经过一番争斗后，终于合在了一起，拥抱在一起，我就躺在下一畦地的地上，把手放在地面上，水流过来要流经我的手时，我感觉到了，就迷迷糊糊地喊，好了。大哥就再次挥动铁锨。

有几次，水把我的手都泡起来了，我感觉到一丝凉，这时我才突然醒了。大哥正喊我，怎么样了？我赶紧回答，好了好了。

华北平原的深夜，一望无际的玉米地里，两个少年隐身其中。

多少年后，我每每看到玉米地时，那种无法言说的感觉就再一次涌上心头，说不上是喜悦，或是痛苦，就是感觉这一望无际的玉米，这无垠的大地，与我有着某种关系。

借

一个人，一个家庭，身无长物，怎么办？

借。

要收玉米了，没有排子车，娘就会说，去借一辆排子来收玉米。我哥就像没听见一样，借故去干别的活儿，走开了。我看看没有别人了，就硬着头皮去借。借谁的呢？房后是一个堂姑家，借她家的吧。就走过去，走到姑姑的院里，先看看排子车在，就喊姑姑，我娘让借一下排子车拉玉米。姑姑就会走出来说，拉走吧。

要是姑父在家，就说几句我听不清的话，姑父是云南人，在一个军工厂上班，后来和姑姑一起下放到我们这里。我就说，姑父我拉走了啊，其实我姑父说的啥，我没听清。

下一次再借排子车，就去西邻居家借。邻居是打铁的，我们两家关系不错。就这么倒着借。要是借自行车，就去我堂哥家借。要是借水桶，就去我前邻家老韩家借。要是铁锨、镢头啥的，多是去打铁的邻居和堂哥家借。

啥都借，没有不借的。当然别人也来我家借，比如借我家的水桶，我家有两只水桶，后来坏了一只，就剩下一只了。有时并不是没有才借，是因为不够用，比如要种小麦了，好几个人一起平地，就要借别人的铁耙、大木耙子，大家互相借用，方便。

我们在学校也会相互借，钢笔没墨水了，钢笔后面是一个软袋子，就借别人几滴，回头还人家。写着写着作业没纸了，就借别人一张白纸。写错字了，要不用笔勾一下，要么用橡皮擦一下，可是班里一半的人没有橡皮，两分钱一块橡皮，我就舍不得买，再说想买也没钱。

有时衣服也互相借着穿，我表姐要结婚了，我要走亲戚，可我的衣服实在太旧，我同学爱军就主动把他的外套借给我，虽然我穿着大了一圈，但毕竟是洋布做的，样子也好看些，我穿着，顿时有了不少底气。至于兄弟们之间的互相穿用，就是一种日常生活。

吃的也借，来亲戚了，家里没有白面了，娘就会到堂哥或韩铁匠家借一碗白面，回头再还。

这是小量的借，大家好借好还。我们家一般到四五月份的时候，没吃的了，啥也没有，粗、细粮统统没有了，怎么办？借呗。

可是借谁的就成了一个问题。因为借得少了不顶用，借得多了，一则人家也没有，二则人家也舍不得，那是个粮食金贵的年代。

西东有句俗话，老天爷饿不死瞎眼的鸟。

我有一个表姨，是另一个县的，离我们十里左右，表姨家生活比较富裕，至少是粮食有富余。每年春天，爹就骑一个自行车，拿一个空口袋去了，表姨一看就知道怎么回事，就给装满满一口袋玉米，父亲就用自行车驮了回来。要是哪年父亲没去，表姨就派表姨夫来我们家看看粮食够吃不，不够就让我父亲去驮。

一个粮食不够吃的年代，有一门好亲戚多么重要啊。多年后，我常常想，那些年，要是没有表姨家借给我们粮食吃，没有大姑家周济一些吃用，我都不知那些日子该怎么办啊。

就像莫言说的："我常对朋友们说，如果不是饥饿，我绝对会比现在聪明，当然也未必。"我常对女儿说，要不是那时我老吃不饱，我一定比现在长得高些、聪明些。我不像莫言那样不自信，我坚信我会长更高些、更聪明些。

看 电 视

年三十晚上包饺子时,想打开电视看看有啥热闹节目,才发现电视没信号,忽然想起电视一年没开了。打电话咨询电信服务人员,按照步骤调试,终于电视有了信号。

近些年来,越来越不喜欢看电视了。

早年,我是喜欢看电视的,家里却没有电视。

第一次看电视是1976年,听人说在电视上审判"四人帮",我们几个伙伴就跑到杨村大队部看电视。

我们四邻八村只有杨村大队有一台黑白电视。几个人就结伴走在去看电视的路上,不时遇见也去看电视的大人,大家兴冲冲地走在黑下来的空旷里,沿着小路,说笑着,跑着。

风有些凉,田野空洞洞的。

那晚看了什么,后来一点儿印象也没有,仅有的记忆,也是小伙伴们在日后反复讲述时才有的画面感。但我依然不能确定他们说的是真的,还是他们自己演绎的。只是记住了,黑压压一片人,在大队部的空地上坐着,我跑到一个放着一大堆水泥管的地方撒了一次尿,那里已有许多尿了。

后来，西东也有了电视，电视安装在大队部会议室大门的门头上，装一个门板，电视演完了落下来上锁。

看的第一场电视是《敌营十八年》，里面有个国民党女军官，长得漂亮、妖娆。敌人怎么能长得这么漂亮？敌人不是都长得丑吗？百思不得其解，但却喜欢上了看电视，每天必看。

一次，好像是刚进入秋天吧，下雨了，细细的，后来越来越大，大家站在雨里看，有的人抱着头看，比如我。后来雨实在太大了，管放电视的老唱直接落下门板锁了，大家依依不舍撒腿跑走。

电视这东西真是好，令我们一帮小伙伴大开眼界，第一次看《少林寺》时，那么厉害，好看。外国片《加里森敢死队》，小飞刀玩得那叫一个溜，羡慕得我们一群小孩纷纷学练甩飞刀，刀子每天都唰唰地飞。

一天，我的邻居老马，一个在外修理电动机的，挣了钱，买回来一台电视，黑白的，为了能有彩色效果，在电视屏幕贴上五颜六色的塑料条，这样果然有了彩色的效果，令我们一群小观众兴奋不已。

我们每天吃完晚饭就搬着小板凳去老马家看电视，有的人不搬小板凳，就找一块砖头、石头当凳子。这样一来，电视散了，就留下一院子的砖头石头，更过分的是，一些孩子要撒尿不去厕所里，而在粪坑外尿，一边尿一边回头看，生怕耽误了精彩镜头。这样，在院里就有一大片地被尿湿，第二天，太阳一照，臊气烘烘的。时间一长老马媳妇不高兴了，就故意不开电视。有的人就在院子里等，有的在门口等，再说，老马一家也要看啊，没办法，老马就打开电视，人们就高低错落坐在院子里。

人们看电视有个习惯，大声议论，有的人就大声讲，生怕别人不懂似的，着实令人烦，就有人制止，被制止的人就不高兴，就大声争辩。

去别人家看电视，总归有不方便的地方，比如冬天，人家屋子里装不下那么多人的，一些关系一般的人，或者离家远的，就不好意思去了。我呢，正好要上中学，自然也就不去看电视了。

再后来许多人家都有了电视，我家也有了一台，但不是买的，是大姑送的，旧的，一台十四寸黑白电视，外壳是红色的。一直看了好多年，直到坏了、没有可以更换的零件为止。

我结婚后先是买了二十一寸康佳电视，三千一百元，算是一件大家电了，那时我妻子每月工资一百多点儿，要是她挣钱买，要三年不吃不喝才够。

几年后又换一台三十四寸电视，老沉了，一个人搬不动，所以也就不怕被人偷去。

我看电视有一个毛病常常被妻子批评，就是轮番换台，每一个台看不了三分钟，就得换。为啥？电视节目太烂，但又心怀希望，万一哪个台恰好有好节目呢。于是从头到尾换一遍台，再从尾到头再换一遍台，时间浪费够了，睡觉。

有人说电视剧是一味药，不管好坏，只要你看了，就会不由自主陷入其中，哪怕是一边看，一边骂。一部电视剧动辄几十集，真是浪费时间，许多人欲罢不能。许多人追剧成了一种生活常态。我呢，基本不看了。后来孩子上中学，干脆，电视不开了，这样时间一长就习惯了，就想不起来家里还有电视机这么一件东西了。

一种生活，只要是习惯就好，无所谓好坏。

看 电 影

电影是一种奇怪的东西，随便一演，就是另一个世界的开始。

西东有个专门放电影的地方，就是大队油坊。院子大，有两棵大树可以挂帐子，西东把银幕叫帐子，一块白布而已。

放电影一般是在夏天。

每次放电影，都是西东的一场盛事，走在街上，大人见了面会兴奋地打着招呼，今黑演电影，去看吧。去看看，去看看，小孩子们兴奋地乱跑起来，互相传递着小道消息。

天黑下来，大队的大喇叭响起来，当、当，先是几声用手指弹麦克风的响声，接着几声："喂、喂，社员群众们注意啦,社员群众们注意啦,今天晚上,大队玩电影,今天晚上,大队玩电影。"为了让大家听清楚,一句话最少说两遍,而且不知为啥,每次放电影,都广播成"玩"电影。一个"玩"字,见其性情。

那时候,并不是每家都有足够多的凳子,小孩子吃完饭就早早到油坊里找些砖头,摞在一起,占下地方。等陆陆续续的人来了,电工拉上了电灯,摆上一张桌子放电影机,大队支书必定要坐在桌子旁,一本正经的样子,后面是乱哄哄的群众。一些青年男子就会乘机乱窜,东走西挤的,看着哪里有年轻姑娘,就往哪里挤。一些大胆的姑娘,就大声说:挤啥挤啥。

老太太们则摇动着大小不一的破旧蒲扇,互相拉着家常,东一句西一句地打发放电影前的时间。男人们照例是聚在一起,卷着烟、抽着烟,说着庄稼地里的事。

电影开始前,要对光,唰地一束光打在帐子上,立即就有人站起来伸出手,帐子上就会出现一个人的手在动,就有更多的人站起来,伸出手做出各种姿势,有人突然吹几声口哨,有人兴奋地叫起来。

我从来不屑于这些,觉得甚是无趣。小计就爱吹口哨,他把一个手指放在嘴里,就能吹出响亮的口哨声,被我称为流氓哨。

这种自嗨的局面直到电影正式开始。

看的第一部电影是《朝阳沟》,几个村轮流放这部电影,等到西东村放时，我已经在一个大树上靠着睡着了，突然被一阵欢呼声惊醒。

电影终于开演了，已经半夜了，我有点儿迷迷糊糊。

别的没记住，就记住了银环她妈吃饭，一碗白面条整整齐齐地盛在碗里，银环她妈竟然在面条里倒酱油醋拌面条。也就是说一碗这么好吃的面条，竟然还用酱油醋来拌，这也太奢侈了吧。当然那时我还不知道奢侈这个词，就是觉得酱油醋拌面条这件事太过分了。每个人都有自己的生活观，哪怕是最底层的人，最没见过世面的人。

电影里的人生活比我们好，有点儿羡慕，又有点儿生气，凭什么他们的生活比我的生活好？但我说过，我是一个没心没肺的孩子，也就是这么想了一下，想过就算了，想过了就去干别的事了。

每个人都有自己的生活，你的生活，在别人眼里不值得一提。就像有的人，觉得自己的恋爱惊天动地，要死要活的，在别人眼里可能就是一个故事、一个笑话、一场风雨。

就像电影演的，一个王朝结束了，又一个王朝开始了。

看 汽 车

西东没有汽车，但有一个汽车司机，是在县化肥厂开卡车司机王二，我喊他大王二。他有时候开车回家，汽车就停在离我家不远的大街上,只要听见汽车的声音,我就撒腿跑到大街上,那里已经围了一圈人。

你看看,我瞅瞅,有人用手去摸,王二媳妇就喊,别摸,那人就不好意思地收回手。

要是外地的汽车从西东经过,我们就一起追着跑,汽车在西东的大街上跑不快,街上坑坑洼洼的,追上了,就扒到汽车的后斗上,开出村时赶紧下地。出了西东,汽车跑快了就下不来了,脚一挨着地,脚步不能停,要跟着汽车小跑一段,速度要跟上汽车的速度,然后再撒手。这是经验,要不就得摔一个跟头。

摔跟头的人有很多,比如小计、王东子等。我没摔过,主要是我跑得快。王东子在看见汽车时,就会一边追,一边找一个砖头,用力砸去,"啪"一声,汽车灯的灯泡露了出来,用力一拽,把灯泡拽下来。然后停下脚步,不再追了,兴高采烈看这手里的灯泡,心满意足。

谁家要是偶尔来一个汽车,主家就得有专门人来看护汽车,防止有人砸汽车灯。

后来,西东有了一辆十二马力的拖拉机,西东叫娃娃床。每天在大街嘣嘣嘣嘣地跑来跑去。但拖拉机在我们心中与汽车不是一码事,拖拉机是用来干活儿的,汽车是用来奔驰的。

一天放学后,我跑到西边杨村的公路上看汽车。那里有一条县级公路穿杨村而过,离西东也就一里多地。我和小计、王东子、振发坐在公路一边的高坡上,看汽车。远远看见来了一辆,我们就喊:来了一辆。就猜下一辆是大汽车还是小汽车,当来了一辆小汽车时,大家就高喊一声王八盖子。

西东把小汽车叫王八盖子车。小计说,王八盖子车是两头开的,向前走时,在这边开,向后走时,就跑到另一边去开。振发说,瞎说,我见过,就是一头能开。小计问,那为什么前后都是头呢?振发就哑火了。振发就问我,你说为什么前后都是头呢?

我点点头,不出声。不出声是因为我确实搞不懂,王八盖子车是两头开的,还是一头开?是两个头,还是一个头?两个头看起来差不多。我在内心想象着自己开一辆汽车轰鸣而去,越跑越远,最好能到大城市去,到天边去。

西东人,都没有细看过小汽车到底怎么开,或者说有人看过,但不屑告诉我们这些孩子。在西东,大人骂孩子,都骂你这个穷孩子,你这王八羔子。

坐在公路一边的高坡上看汽车,老半天来一辆,还没看清,又跑远了。我一边看一边想,要是下一辆,是我家的多好。于是就在心里默默地期盼来一辆好车。

这毛病后来落下病根,在我久居城市多年后,走在大街上还常常突发奇想,从现在开始,来的第五辆,或第十辆汽车给我的话,会是什么车?要是来了个一般的车,还会暗暗沮丧一下。要是正好来一辆看起来不错的车,就禁不住一喜，好像这车真成了我的啦。

这也是一种病吧。

凡病都得治，但我又不知如何治。

看　夜

我在十二岁时就看过夜。

夜有啥好看的？看夜，其实是件工作，就是在夜里看护东西。

第一次是看棉花，在离家五里地的茅山下，有一块我们生产队的棉花地，秋天了，棉花要开了，要有人看夜。

我早早在家吃过饭，带着一本借来的有点儿破烂的《骑鹅旅行记》，一个人步行到茅山。

一路迈着小短腿，走在两旁是一人高的玉米地路上。风吹在玉米叶子上，发出哗啦啦的声音，左边响起的声音未落，又从右边响起，一波接着一波，一浪连着一浪，风和声音一样会传染。

到茅山棉花地时，天还不黑，晚上我住在地南头的机井房里。那里铺了茅草，还有三个被子卷儿，这表示晚上要来三个人。我躺在被子上开始看书，骑鹅的人只有拇指那么大小，他骑着鹅去旅行，一路遇见许多有趣的事，这书好看。

天黑时，另外两个人来了，都是我们生产队的，大我几岁。我们三人先是到旁边的红薯地里挖了几块红薯,然后在机井房的后面挖一个坑,我到附近找了些干柴,烤起红薯来。不一会儿红薯的香味就往鼻子里钻,但这时的红薯还不能吃,等明火灭了之后,用暗火埋住红薯。然后我们在棉花地里转了一圈,棉花刚开,一些白还很羞涩,有的白已经开得很大胆,更多的是棉桃,已经由绿转为原木色,人走进去,这些棉桃一下一下碰着腿,却不疼,只是让人无法大步向前。

等我们把领地巡视了一遍,红薯烤好了。扒开烧黑的皮,里面是暗黄色的红薯肉,丝丝地冒着香气,吃起来格外香甜。

坐在地上大口吃起来,周遭已经没人,天正在暗下来,没有人知道,有三个半大小孩坐在秋天旷野,天黑之时,嘻嘻哈哈地吃着烤红薯,满手、满嘴都是黑色。三个人像秋天的三个小豆点,独自快乐着,融进了生活的时空中。

三个人一边吃,一边讲故事。那时候的人特别爱讲故事,没事就讲,讲的人津津有味,听的人一脸神往。讲累了,或者在不知不觉中,大家都在机井房里的被子上睡去。

不知道过了多久,我从睡梦中醒来,耳边是星星眨眼的声音,风吹动着棉花叶子。月亮隐去,大地并不是特别黑,隐约能看到百米外。

我想起了白天看的小说,那个骑鹅的人,一路遇见的种种艰辛和趣事。心想自己要是有一只这样的鹅多好,自己也变成拇指那么大小，骑在大鹅的背上，从北方向南方飞，飞过一座座山、一条条河、一个个村庄，累了就飞到一个湖边的小岛上过夜，饿了，就烤红薯、玉米啥的。睡觉就在大鹅的翅膀下，看看南方的秋天是什么样子的。想着想着，再无睡意，站起来到田野撒尿。撒完尿，他们两个人也醒了，大家拿着手电，到棉花地里走走，先是沿着小路，走了几百米后，拐进棉花地里，沿着浇地的水沟走，手电筒照在棉花上，把睡着的棉花吓一跳，赶紧睁开眼。

手电筒照着天空，像一条通向天空的道路，又像一架通往天空的梯子，直直地向上，直到看不见的高空。

巡视一圈后，并没有发现有偷棉花的人，就放心地回到机井房睡去。

与看夜差不多的是看场，十四岁那年麦天，麦子收割了，在自家地头收拾出一个场地。把收割的麦子运到场地来，用脱粒机把小麦脱粒下来。

从小麦运到场地到小麦运回家这几天，晚上各家往往都要有一个男人来看场，怕人偷，也是一种习惯。

天黑下来，人们渐渐散去，旷野辽阔起来。

躺在场地的麦子堆上，天上的星星越来越多，越来越低，和不远处机井旁的一盏电灯呼应着。

刚刚收割下来的麦子，发出暖烘烘的香气。一根麦芒，顺势扎进了我的皮肤里。风越过我小小的幻想，越过新鲜的麦茬，一次次直接抵达了夜空，辽阔得无边无际。远处有灯光，有时隐时现的声音。行走了一天的飞虫，有的休息了，有的还飞动着。衣兜里有一个半熟的小沙果蠢蠢欲动，我摸摸又放下，放下，又摸摸。

仰起脸面对天空的星星，旷野越来越空旷，星星开始走动，我一颗一颗辨认着，认不出哪一颗是我。好像每一颗星星都与我有关，又都与我无关。

不知何时，在夜风里渐渐睡去。大地，终于安静下来，风也安静下来，时间也安静下来。

拉　耧

弯腰、低头、拉紧肩上的绳子，看上去，像那幅著名的油画。

我们各自用着自己最大的力气，身后是父亲，他摇动着耧，控制方向并播下小麦的种子。

田野一望无际的平整，土地松软得如同孩子们的内心。这是收获过花生的土地，如今被种上麦子。

多年后，我在百度上查了查，耧，是古代播种用的农具，由牲畜牵引，后面有人把扶，可以同时完成开沟和下种两项工作。这种农作工具是现代播种机的前身。那时我自己觉得不是古代了，但我依然在拉耧种小麦。况且不是牲畜做牵引，而是用我和我的兄弟们的肩膀。可见，百度常常不够准确。

我低头拉耧的时候，我弯腰拉耧的时候，我的手指伸向地面，我捡到了一粒饱满的花生。也就是说，我们低头弯腰，除了用力之外，还有另一种功能，捡拾花生吃。

那是一块收获完花生的地，平整、辽阔。

我剥开花生，吃下去。花生处在半干状态，一种内在的香甜，令我满嘴香味，像一种能量，使我找到一种乐趣。

我偶然回头，大大小小的土坷垃匀称如图画，竖看成条，横看成行。

我弯腰拉紧绳子，我试着用不同的力，弯不同深度的腰，看看哪种效果更好。我和几个兄弟都在埋头用力，我们几个人中有一个不用力，别人就得多用一分力，这是一个靠自觉的活儿。

我看看哥哥、弟弟，他们也都在捡拾一粒一粒花生，这我就放心了。每捡拾一次，我的腰就深弯一次，每吃一粒花生，都感觉自己的力气长了一点儿。肩上的绳子勒得似乎也不太疼了，为了防止绳子勒，我把自己布底子的鞋垫在肩膀上。

这样果然好多了。

我把脚伸进泥土里，一寸之下，那里有着不同的气息。有着细腻的温暖，细土、小坷垃冲进我脚趾的缝隙里，鼓涨、饱满，有着一种说不出的快意。脚心在土地的深处被土抱着。

我像一头不爱说话的小牛，埋头前行，时不时吃一嘴鲜嫩的草，就心满意足地继续弯腰拉耧，一副远方与我无关的样子。

对于一个没去过远方的人，给他谈远方，就像给牛谈骏马的前途，说了白说，谈了白谈。直到今天，等我回过头看看自己中年前行的样子，突然觉得这和那时的拉耧没什么两样，一样低头，无语，弯腰前行，只是肩上的绳子被键盘代替。

我回过头四周看看，看看兄弟们，他们已拍打着翅膀，飞离土地，散在几个不同城市弯腰生活。

我回过头，看看父亲，一阵风刮过，明明刚才还在用力扶着耧的父亲，却再也看不见了身影。

一个空耧，自己播下小麦。一粒粒小麦，翻滚着，自己把自己埋在地下。

唉，我从生活中直起腰，用手轻轻地捶几下腰，再一次埋下头，弯下腰。

拉　　手

推窗望去，楼下一个年近七十的老头，弯着身，低头拉着一个两三岁的小孩走着。老头小步，小孩大步，中间是一双大手拉小手，大手向下，小手向上举着，但两双手的样子，因为离得有点儿远，我看不太清。

应该是祖孙二人吧。

爷爷在父亲结婚之前就去世了，所以我没有见过爷爷也就没拉过爷爷的手，记忆中也没拉过父亲、母亲的手。或许是拉过，只是不记得了。

那时每家都是姊妹众多，父母没时间带，就大的带小的。我几乎是姐姐带大的,后来和哥哥一起玩,后来三弟四弟天天跟着我玩,成了我的跟屁虫。

哥哥去跟着更大岁数的人玩去了,我则成了我们这一班人中的小头目,身边有一群小伙伴。手一挥,一干人马呼啸着,踢踏地向前冲去,但小孩子们之间很少拉手。女生之间是否拉手,我没有关心过,反正男孩子之间拉手的不多。但也有例外,两个人打架了,闹矛盾了,谁也不好意思主动找谁说话,那怎么办?通常有一个中间人,我就常干这活儿,把俩人叫过来,我两只手分别拿着两个人的一只手,把他们两人的手放在一起,拉一拉,然后就算和好了,就算一个仪式举行完了,大家呼啦啦跑走,一起去玩了。

后来我想,小孩子不拉手的一个原因是手脏,男孩子的手老是脏脏的、黑黑的。一些人的手,甚至到了冬天一攥拳就一圈皱,不好洗,非得用热水用肥皂用力洗才行,所以就怕洗手洗脸,大人看不过去了,就强行给洗一次,感觉洗得真疼,每次都洗得龇牙咧嘴。

小时候很少被大人拉手的小孩,长大了也没有拉手的习惯。搞对象时,也没有和女友拉手的习惯。每每女友一拉我的手,我感觉到浑身不自在,赶紧向四周看看,好像所有人都在看我,好像我在干一件不好的事。

但有了女儿之后,我就常拉着女儿的手,开始的时候,我伸出一个手指,让女儿拉着,我低下身子和女儿一起走,女儿高一步、低一步地走着。再后来女儿大一点儿了,我就拉着她的手，一起走。一个父亲拉着女儿的手走路，心里会有莫名的幸福、满满的爱意。

早晚有一天，我要把女儿的手交给另一个男人。是的，早晚有这一天，就像那一天，父母的手，从我们的手里渐渐松开了。

拉手是个过程，松开才是归宿。

老　牛

老牛不是牛，老牛是生产队长，声音高，嗓门大，管事多，爱骂人，一年四季披着一件衣服，夏天披着白布衫，冬天披着黑棉袄。背着手走路，一脸正派，在西东走来走去，荧屏里典型的大队干部架势。

他的堂叔老堂在地里干活，累了就地坐下来休息，结果有点儿迷迷糊糊睡着了，被老牛抓个正着。老牛大声训斥道：你就是懒，真是屡教不改。他堂叔站起来，拍拍屁股上的土，一边走一边说：驴叫不改，牛叫改。

钟绳是老牛的权力榜，每天他亲自敲钟，一手掐腰，一脸严肃地铛铛铛铛地敲着钟，钟声比别的队钟声响，声音多。大铁钟就挂在他家房子后面大街的大榆树上，树下是几块高高低低的石头。敲完钟，老牛继续掐着腰，站在大树下，看社员谁来得早，谁来得晚。来得晚了，老牛张口就是一顿训斥。

人都齐了,老牛就开始分活儿,今天你干啥,他干啥,容不得半点儿反驳和讨论,像一个独裁的将军。老牛跟着大家一起到田地里,但老牛并不干,他只是背着手,从这边走到那边,从男社员那边走到女社员那边。

老牛从不笑,别人劳动时,他四处转,看到谁偷懒,他张口就喊,看到谁干的活儿质量不好,他也是张嘴就喊。

老牛的嗓门大,说出的话在嗓子里不拐弯,直直地出去,炮弹一样,能把地砸一个坑,以至于小孩子们都怕老牛。哪个小孩子晚上哭,大人就吓唬他,别哭别哭,再哭老牛就来了。小孩果然就止住了哭声,四处看,怕老牛真的来。

老牛爱开会,生产队过几天就要开会,开会老牛就要讲话。老牛认几个字,但并不多,老牛开会不拿稿子,主要是拿了稿子也认不全字,就随口讲,天南地北地讲,也不知道那些事他都是从哪听来的,被他讲得理直气壮,声震山河。开会主要是晚上,当然白天也开,但一定是遇到大事了。要不就是下雨天。在生产队的牲口棚里开,那里地方大。一个玻璃罩油灯放在墙上,他们乱哄哄地四处坐着,有的人小声说话或打盹,有的妇女在做针线活儿。

每次讲的时间太长,大家困得受不了,副队长老万就乘老牛两句话之间喘气的时候,问老牛,明天干啥活儿。老牛讲话不能被人打断,打断了就不知下来该讲啥了。所以,老万一问老牛，明天干啥活儿，老牛就得停下来，说明天干啥啥活儿，然后分工，等分完工，老牛就彻底不知道讲啥了，就一挥手，散会。

老牛挥手的动作很大气，像伟人一样，一手掐腰，一手在空中画出一个大大的弧线。

老牛最善于干的一个工作是抓小偷，每天和民兵一起站在村口，检查从地里回来的男人、女人，小孩的粪筐，包袱里有没有集体的玉米、棉花啥的。他带头一个一个翻，据说我同学的哥哥在地里拉完屎，没有找到土坷垃擦屁股，就用一把棉花擦屁股的事就是老牛发现的，老牛把我同学的哥哥抓了个现行，以偷盗犯的名义抓到大队部关了三天。我和我的同学去看过一次，窗户太高，看不见，同学就踩着我的肩膀爬到窗台，才看见他哥哥，他哥哥坐在地上，冲他笑了笑，说没事。

同学下来了说，我哥说了，没事。

这时候来人了，我们俩人一溜烟跑了。

一阵风在背后追着我，我越跑越快，越跑越快，最后自己超过了自己。

老 师 们

在西东，我算是上学年头较多的人之一，小学、中学、大学一路下来，就有许多个老师。

刘大山老师爱打人，会唱戏，瘦高的个子，腿特别细，走起路来一晃一晃，像一根麻秸秆。一次我和几个同学在教室里，因为座位的问题正在划分地盘。猛然间一回头，坏了，正看见大山老师在弯腰脱鞋，半旧的布鞋，没穿袜子，脚黑黢黢的。我那两个同学毫无察觉，还在埋头争执。我转身嗖一声，跑了。只见大山老师一只光脚踩在地上，悄悄走过来，用鞋底冲着那俩同学的屁股、后背上啪啪地拍下去，刚才还乱哄哄的教室，顿时安静下来。

两个同学被突然的打击吓得惊呆了，等挨了几下，才想起跑来，一溜烟跑了。在同学们哄堂大笑中，吧叽一声，大山老师把鞋扔在地上，穿上。

大山老师喜欢唱戏，放学后，常常一个人在办公室门口，一边拉二胡一边自己唱，摇头晃脑的。他想教给我们一段，大家都不喜欢咿咿呀呀的，他就只好作罢。

他上课的时候，喜欢抽烟，一边讲课一边抽烟，那种旱烟。呛得第一排的同学咳嗽得起起落落，他就把烟在鞋底上一拧，剩下的半截放在课桌上，下了课继续抽。夏天的时候，他爱捋袖子，胡乱向上捋着。他把一条裤腿捋得高高，裸露着黑瘦的腿，另一条裤腿却不捋，在学校走来走去。每当他从我身边走过去时，就有一股呛人的烟味、汗味扑鼻而来。

韩老师曾是一个打入另册的人，在监狱里住了多年，改正后到我们学校当老师的,一口南方普通话,快而声音大,听着特好玩,云里雾里的,倒也能听懂。他讲课喜欢用比喻,举例子,举所有的例子都与吃有关。每次都用手比画着,大小、多少、好不好吃或够不够。平日穿一身中山装,明显大两号,在身上咣当咣当的,戴一个鸭舌帽,一看就是好久没洗了,上面有一圈黑。韩老师讲课生动,爱激动,一激动就拍胸脯,拍得啪啪直响。

后来学校设书法课,他教我们书法,他用一个笤帚疙瘩,蘸上水在黑板写,一笔一画,一粗一细的笔画。可惜书法课只上了三四次,学校又把书法课停了,理由是,上边没有要求,咱就不上了。

不上就不上吧,大家感觉无所谓。

其实韩老师啥时从监狱出来的,我们并不知道,也不知道他来我们这教学之前在哪里。一天,他突然把媳妇带来了,还带来一个一岁多的孩子。我们觉得特别奇怪,韩老师看起来差不都有五十岁了吧,当然具体多大我们也不清楚。但他有一个年轻的媳妇,还有一个这么小的孩子,我们还是觉得很好奇的,纷纷跑过去和老师的媳妇说话,看热闹。

韩老师讲课特别好玩,有一次,勇子上课走神了,韩老师叫勇子回答一个问题,勇子回答不上来。韩老师说,坐下坐下,勇子你刚才去哪儿了?勇子说,哪儿也没去。没去?可我明明看到你从窗户飞出去了,你却说哪儿也没去?我一喊你,你又从窗户飞回来了。

韩老师一本正经地说，并认真地看着勇子。

勇子一下子脸红了，刚才没回答出问题，也没脸红，现在脸红了。

同学们似乎听懂了，哈哈大笑，有几个人竟然敲着桌子大笑不止。

老　　鼠

我一咕噜从被窝爬起来，穿好了衣服，下地的时候发现鞋不见了。我赶紧喊醒振发，鞋呢？鞋呢？找不到鞋了，真是奇怪。

鞋不见了，看看，屋门还插着，也没人进来啊。

振发的鞋也不见，我们俩起来一起找。

哎，屋子的地上多了一堆土，振发用脚踢开土一看，我们俩同时哈哈大笑起来，我们俩的鞋赫然在目。

老鼠打了一个洞，多出来的土，把我们的鞋给埋住了。

西东的老鼠多，尤其旧房子老鼠多，到处都是老鼠，让人防不胜防，烦不胜烦。一天晚上我正在睡梦中，突然觉得被子上有老鼠跑来跑去，我静静地一动不动，伸手抓住被子的两个角，猛然用力向上一甩。就听见啪叽一声，两只老鼠重重地摔在地上。两只老鼠被突然一摔，有点儿发蒙，躺在地上好几秒钟没动，等站起来后，四下看了看，一溜烟跑走了。

我重新躺好，继续呼呼大睡。

还有一次，娘做饭去缸里㧟面，掀开盖帘，吓一跳，里面有一只小老鼠。娘手疾眼快，啪一声又把盖帘盖上，正好我走来。我说我来，我在手里缠了两层塑料布，悄悄把盖帘掀开，猛然伸手抓住老鼠，向地上用力甩去。啪叽一声，小老鼠当即摔得不动了，我上去一脚踩住，一用力，一只小老鼠死于非命。

小孩和女人一般比较怕老鼠和蛇，我不怕，非但不怕，简直喜欢抓这两种东西，然后弄死。

蛇是老鼠的天敌，我见过蛇吃老鼠。一次在振发家门口的空地上，看见一只老鼠和一只蛇对峙，谁也不动，静静地对峙着，连世界都安静下来了。

对峙，是一种高境界的搏杀。

过了一会儿，蛇开始发力，开始吸。老鼠爪子用力抓住地，站住，一动不动，像拔河比赛。终于，老鼠抵挡不住了，四只脚在地上滑动着，一点儿一点儿滑向蛇，一寸寸靠向蛇。

蛇把老鼠一点点吞进肚子里，蛇的肚子顿时鼓起一个大包。

蛇成了一个胜利者。

我惊诧着，呆呆地看着，立在那里，一动不动。

我极不喜欢老鼠，长相讨厌、可怕，四处咬坏东西，身上携带跳蚤和不知名的细菌。有一年从杨村传来消息说，有地方闹鼠疫了，这个传染病厉害，人们不禁大惊失色。最终没有闹起来，算是一场虚惊吧。

不过说到老鼠，其实老鼠有两种，一种叫老鼠，一种田鼠。田鼠生活在田地里，盗取农人的粮食。

秋天，我们去捡红薯、拾花生的时候，有经验的人，常常能找到田鼠洞。我曾观察过好多田鼠洞，各不相同。小计就特别爱挖田鼠洞，挖出过许多花生、玉米粒或豆子啥的。这些花生、玉米粒、豆子被干净地储藏在田鼠洞里，显然是仓库，在一个不是特别深的地方。田鼠洞常常分几层，有多个岔口。仓库设置在一个单独的地方，防止下雨、浇地时被水泡了。

从田鼠洞弄到的粮食，我不敢吃，都喂了鸡。

那么田鼠是如何运送偷到的粮食呢？我亲眼看见过。一次在地里干活，累了就睡了一觉，醒来时正看见不远处一只田鼠仰面躺着，四只爪子抱着几个谷子穗，另一只田鼠咬着这只田鼠的尾巴拖着走，田鼠的后背就在地上磨着，地上一股细小的狼烟升起。

田鼠为了吃饱，有着天然合理的分工，田鼠不知道，那时的粮食对于我们的珍贵，其实田鼠知道了又能如何，都是为了吃饱，活下来。

动物不会换位思考，凡事都以自己为大。

老钟又活了

老钟又活过来了!

老钟又活了,是因为昨天老钟刚死了,他的几个儿子都没哭,正在忙碌地准备后事,这时候老钟慢慢地睁开了眼,左右看着大家。

首先发现老钟又活了的,是他的大儿子牛栏。

爹,你……你好啦。

噢,老钟缓了缓神,好像明白啥了,就起身,可是挣扎了几下,没有起来,牛栏就赶紧过去把他爹扶了起来。

老钟八十八了,这在西东算是大岁数的人了,大儿子都六十多了。要是突然死了,大家不会觉得奇怪的,算是喜丧。不过老钟很少得病,前几天得了一场病,没想到就闹出这么大的事。

这在西东叫假死,以前我听说过,但没有见过,这次老钟让大家见识了见识。老钟的棺材做好四五年了,在一个小房里放着,油了底漆。老人岁数大了,早早做好棺材,这在西东倒不是啥新鲜事。我和他的重孙子小方是发小,一次我们俩偷偷到放棺材的小屋玩,我偷偷爬到棺材上坐了坐,被小方一把拉了出来,快下来,这要我老爷爷看见,咱得挨骂了。

我没见过老钟年轻时的样子，听大人说老钟年轻时一顿饭能吃两三斤粮食，老钟的力气大，用屁股可以把一个几百斤压场的石碌碡拱起来。我见到的老钟已经老了，整天在我们巷子口的石头上坐着，不爱说话，一脸严肃，从没有见他笑过，也许他不会笑。有时我想，一个人怎能不会笑呢。一次我问他的重孙子小方，你老爷爷会笑吗？当然会了，小方说。你见过你老爷爷笑吗？当然见过了。啥时见的，我这一问，还别说，真把小方问住了，小方想了半天也没想起来，就说我老爷爷不爱笑。我们这些小孩子走过他身边都是小心翼翼地走，走过了赶紧跑开。谁要是在他身边打闹，他会突然大骂，小兔崽子，一边去，就知道打闹，回去给你家里干活儿去。

骂完了，要不就瞪着眼看你，直愣愣地。

大人说，老钟脾气不好，年轻时爱打架，老了爱骂人，见小孩子们打打闹闹就烦。大人说，老头急了会用拐棍杵你们，老头心狠手劲大，你们以后离他远点儿。

老钟每天坐在一块固定的石头上，那块石头比较大，平整，靠着墙角，几乎成了他的专座。他每天就在那里坐着，除了下雨，刮大风。他背靠墙，面对着街，面无表情，几年如一日地看着街道上经过的一切，发生的一切，却一句也不言，连一个微笑都没有，你永远不知道一个面无表情的人在想啥。对于已经八十八岁的老钟来说，西东的一切都司空见惯了，听说他年轻的时候，是拉脚的，就是靠赶着马车贩运东西，他走过山西，下过河南，去过山东，这在西东算是见过世面的人了。有人说，他被土匪劫走过，替土匪拉东西，一次趁土匪不注意跑了回来，跑回来了，还不忘赶着自己的马车。

也奇怪啊，老钟整天在大街的石头上坐着，不说话，面无表情却不显得呆滞，而是目光深沉，这在当时的老人中极为少见。老钟每天看着西东的大街，我不知道大街有啥可看的？一般吃饭也在大街上，都是他大儿子或哪个孙子给他端来，吃完了再端走。胡同口是个吃饭的场地，每天聚了许多人，大人、小孩、男人、妇女。大家都在那里坐着、蹲着、站着。一手拿一个窝头，一手端一个大海碗，一边聊着天，一边吸溜吸溜地喝粥。

平时常陪着老钟的一个老头叫老壮，七十来岁吧，瘦瘦的，弓着腰。常常搬一个板凳坐在老钟旁边，不过老壮长得可不壮实，相反病恹恹的，老是大口喘气，说有气管炎，老是喘，上不来气，看着都替他难受。但他却委了个老壮的号，这应该就是缺啥补啥吧。老壮的孙子和我是同学，叫永真。我们常在一起玩，一天他爷爷给了他两片薄荷片，他没舍得吃，放在兜里，在和我、勇子一起玩的时候，他就拿出来。他自己一片，让勇子和我分一片。薄荷片含在嘴里发凉发甜，对于我们来说相当于糖块。勇子说我来分吧，勇子伸手接过永真的薄荷片对我说，我咬一半给你，我说好。勇子看了看薄荷片，一张嘴直接把薄荷片含在自己嘴里，在我的惊讶中，他直接吃了。

我大怒，我一直以我们这帮孩子头自居，勇子竟然敢骗我，可我是个爱面子的人，又不好意思为一片薄荷片发怒，就尴尬地笑了笑。

转身走了，心里生着气。

又过了三四年吧，那时我已经上小学四年级了，一天刚下学，看到小方家很是热闹，人们出出进进的。我放下书包跑过去看，才知道老钟死了。

这次是真死了，那个做好了许多年的棺材也用上了。

雷　声

轰隆隆，咔嚓嚓，打雷了。

雷声大，一声连着一声，大得吓人，像雷神就站在你的头顶打。不像现在，每次只响个三两声，软绵绵的。

夏天的傍晚，一旦下雨，必有雷，雷声滚滚，在屋顶之上炸响，在院子里的树上炸响，有霹雳之声。我正端碗吃饭，突然的雷声，毫无征兆地响了，吓得我一激灵，差点儿把碗扔了。幸好没扔，要不又得挨一顿揍。我一步上前，鼓起腮帮子，噗的一声，把黄豆大小的煤油灯吹灭，屋里顿时陷入无穷的黑暗之中。

问为啥打雷要吹灯，怕被雷击了？可是雷会击煤油灯吗？当时我可没想过，大家都是这么做的。

　　雷声响彻头顶，一定是一声连着一声，上一声与下一声又不完全一样，使雷声不过于单调。单调的声音总是让人讨厌，其实太复杂的雷也让人讨厌，可讨厌也没办法，雷公雷母总要一声接一声地打着，比赛着打。不大一会儿就有闪电劈来，或者说，先是闪电，后是雷声，反正雷声与闪电形成了循坏，不好说哪个在前哪个在后。闪电像无数把刀子一样，从天空直接划到我家的窗户上，感觉把我家的窗户纸都划破了。颇有"四海翻腾云水怒，五洲震荡风雷激"之势。当然那时不知道有这样的诗句，是我后来在书上看到的。

　　闪电会照亮整个天空，当我刚刚看到天空时，突然闪电又消失了，天空陷入更大的黑暗之中，随后而来的雷声显得威力更大了。

　　雷闪之后，是龙王来抓人了，我喊弟弟快躲起来，弟弟们就吓得赶紧上炕，用被子蒙住头。后来上学了，知道了雷是大气中的云体之间正负电荷互相摩擦产生剧烈的放电，产生高温，使大气急速膨胀，产生震耳欲聋的巨响。大气层电荷不断在云层集结，变得足够大时就会发生闪电。当闪电横穿天空时，能很快使沿途的空气变热。变热了的空气迅速膨胀，像发生爆炸一样猛烈地向四周冲击。

　　天边的雷声滚滚而来，由远到近，一声赶着一声，闪电就用刀子把天空割出许多口子，大雨便倾泻而下。

　　西东真的有人被劈倒过，只不过那是好多年前了。那时我尚没有出生,一个老太太,下雨正在路上走。不知怎的一个炸雷在身边响起,之后,她被雷劈了。可是据说老太太一生没做过坏事,可见西东常说的,做了坏事就会被雷劈,看来也不一定是真的。

其实我喜欢远方的雷声,雷在远方隐隐地响着,声音不大,不是特别响,但又有着极大的气势,连绵不断,像种子在地下破土之前的骚动,在酝酿一种力量,积攒一种能量。这种雷多半会是初春,一声雷响对应着一声冰的融化声,咔嚓、咔嚓。融化都是从内心开始,有一雷惊蛰始之意味。

春雷起,万物生,大约如此吧。

邻居韩铁匠

每天都在叮当叮当的打铁声中醒来。

我的邻居是个铁匠,父子二人以打铁为生,天不亮开始,一下一下,用自己的全部力气击打着世上最硬的东西。

为把铁打软,他们烧火,把火烧得呼呼响,他们拉风箱,把风箱拉得呼呼响,冬天或夏天,对于他们而言,没有太大的区别,反正他们都流着汗,他们都抡锤。父亲用小锤,儿子用大锤,一边是火,一边是铁,父子二人用一生的时间去硬碰硬。

一年四季,他们每天叮叮当当地打铁,一日不停,一日不歇，下雨也不停，上面有个棚子。我看过他们的手，与别人的手也没啥区别，他们打铁，他们有着似乎流不完的汗，把铁烧红了打，小锤引导着大锤，父亲引导儿子，叮当叮当砸下来，如果仔细听听有着极好的节奏。不过这节奏对于铁匠父子来说，就是劳动的形式，打铁必须打出节奏，打出节奏不过是为了打好铁，仅此而已，没有什么奥秘之处。

有节奏的声音，不管是歌唱，还是打铁，听起来都有点儿悦耳。

父亲是一个憨厚的人，偶尔讲一个笑话，然后自己腼腆地笑笑。儿子是一个不爱说话的年轻人，听了父亲的笑话，也腼腆地笑笑，这笑和他父亲的笑，如出一辙，就像一个人笑了两次。

没事的时候，我常常跑过去看他们打铁，冬天看得更多些，暖和。他们有时长时间沉默，只是把火烧得轰轰响，把铁打得火星四溅。有时说笑着聊天，都是说完了不好意思地笑笑，让我觉得他们讲的笑话特别有趣，就独自不管不顾笑起来，有时竟能笑弯腰。

一个人日夜重复着一个动作，多么无趣。他们可能习惯了，有了惯性，就停不下了。这是我上了初中，知道惯性后的想法，一定是这样的，我想。

小院里，一下一下小锤引导着大锤，大锤跟着小锤，让我分不清谁前谁后，但观察久了，还是会发现一些不同。一般是小锤在一个铁炉子边的铁上敲两下，大锤在烧红的铁上打一下，就是当当、当，当当、当。好像是小锤在鼓励大锤，打吧打吧，跟着我只管打，铁硬算什么，烧红了就能打得它火花四溅，打出它内心的造型。大锤说，好嘞，就狠狠砸下去。一下又一下。

他们主要打农具，也打菜刀啥的。在农村不打农具打啥？

打了农具拿到集市去卖，更多的时候不用去卖，西东村人会到家里直接买，外村的人也会来，也会有一些做买卖的来批发了，再拿到集市去卖。

一天又一天，一年又一年，他们打了多少铁，估计连他们自己也不知道。到后来换成了自动锤，就是使用电来带动，一下一下，又快又省力。后来父亲老了，不怎么打了，看儿子打，在树荫下搬一个凳子坐着看。

就这么一看半天，也不说话。

偶尔，他们父与子说一句话，又都发出不好意思的笑声，多少年过去，这笑声依然一模一样，像一个人笑了两次。

也许，真是一个人笑了一次，又笑了一次。

驴

一头毛驴的使命就是干活儿，干各种的活儿，拉车、运粪、耕地、拉耧、拉磨，一个字，就是拉，就是干，我想不出一头不干活儿的毛驴，是什么样的？估计毛驴自己也不知道。

天天站在那里，等着主人把绳子套在身上，把车辕架在身上，一声驾，就得走，不走不行，不走屁股就得挨一巴掌，或者挨上一木棍。当然，这一巴掌、一木棍，对于驴来说也不见得有多疼，但关键是精神上受到小小侮辱，这对一头忠实的驴来说，也是不可接受的。

一头驴平时沉默寡言，低头拉车，拉不动了也拉。把蹄子用力往下踩，有时出溜出溜打滑也要拉，直到用力的姿势主人心疼了，主动帮驴一把，把在泥泞中的车轮推出来，驴就轻松了。驴会感激地看主人一眼，仿佛驴不知道它在为主人干活儿似的，倒好像是主人在替它干活儿。

其实，这正是驴的聪明，说智慧也行。

既然知道自己的使命就是干活儿，那就好好干，忠诚到主人都不好意思了，这样主人在不忙的时候，会主动让驴歇歇，在田野里溜达溜达，看到驴一副悠闲自得的样子，其他牲畜都有点儿羡慕。有青草的时候，想着赶紧让驴吃几口鲜嫩的草，主人一边看着，露出得意之色，看我家的驴，能吃能干，毛短肚圆。

用驴干过活儿的人都知道，驴有一个好脾气，小孩子都能驾驭得了。驴对于个别人给它扣上倔驴的帽子，并不完全认同。驴有啥好倔的，主人让你拉车，你不拉行吗？那不挨骂、挨鞭子？主人让你拉磨，你偷吃豆子、麦子行吗？肯定不行。这事驴懂，所以懂事的驴从不干这事。你想想驴的大嘴，咯吱咯吱嚼着豆子，主人能看不见？主人的眼睛又不瞎。所以当主人给驴套上车时，驴就一动不动站在那里，主人说走，驴就走。主人说跑起来，驴就亮开四蹄，有节奏地跑起来。驴跑起来十分懂得节奏。不能像牛那样，想跑了就疯跑，不想跑了就一步不跑。干活儿要有长远打算，要天天干日日干，这是驴作为一个驴的原则。

我坐在驴拉着的车子上，路好的时候，我挥舞一下鞭子，喊两声驾、驾，驴就跑起来，车一颠一颠的又不太颠，快又不特别快，坐在上面真是惬意，我估计城里人的汽车，也没驴车舒服吧。

驴少有不听话的时候，不像马，仗着自己身高体大，别说小孩子，就是许多大人也不能轻易驾驭。驴也不像牛那样，看不出眉眼高低，啥时啥事都慢慢腾腾的，连个琴都听不懂。

驴高兴了，兴奋了，就叫几声，声音洪亮，富有节奏感。在田地里叫一声，在家的主人都能听出，这是我家的驴叫呢。

当然，这么说也不是驴一点儿个性没有，一点儿脾气没有。我邻居家的驴就有点儿小个性，一次耕地时，不知为啥，和主人的儿子，一个叫得力的十三岁少年吵了起来，得力抡起棍子就打了驴，然后强迫驴继续干活，驴一生气，张口就咬住了得力的胳膊。这事我可以作证，驴是抵赖不了的。

当时我就在旁边，我一看不好，拿起大棍子就打驴的头，驴看我挥舞着大棒子，才松口。疼得得力嗷嗷叫，捂着自己的胳膊，看时，已有两个大牙印红紫起来。

后来得力爹说，这事怨得力，头一天喂驴吃了他的剩饭，驴吃了人的剩饭就会口酸，口酸了就会咬人。

一个吃草的牲畜是不能吃饭的，万物各有自己的吃食。看看，我对得力说，这不怨驴，都怨你。但是不是这驴平时对得力有意见，借此机会给得力一点儿颜色看看？这也有可能，想到此，我不由得多看了两眼驴。这驴似乎被我看透了心思，竟然有点儿不好意思起来，转过头，把头冲着一棵树，再也不动了。

得力的胳膊好几天才好，看来驴并没有下死劲咬，只是没有控制住自己的情绪。

一次，我偷偷把得力家的驴牵出来，在田地里骑着玩。小计看见了，风一样跑过来，二话不说，搂住驴的屁股，向上一蹿，也骑上了。我俩都不是驴的主人，可我们骑着驴在田地里走来走去，走出一里多地，才又返回来，中间过几个沟沟坎坎的，驴轻松就迈了过去，并没有借故让我们下来，也没故意把我们从驴背上颠下来，这是一头讲操守的好驴。

别看驴叫的时候都昂着头，一副雄起起气昂昂的样子，其实驴十分接地气。驴干了一天的活儿，走了一天的路，主人会把驴牵到一个空旷的地方，松开缰绳，让驴尽情地在地上打几个滚儿，让后背与土地充分接触，让身体在大地上翻滚，这样一天的乏累就解除了。

再站起来的驴又恢复了生机，对生活充满信心和温情。

我不知道驴对自己的归宿有没有想过。或许想过，自古驴到最后都要挨上一刀，驴无法逃脱这个魔咒，也就不再想了，或者想，随他去吧。活一日，干一日，快乐一日，其他的事，交给人去办吧。

这还真给主人出了一个难题，杀了吧，毕竟驴给自己干了一辈子的活儿，有点儿于心不忍，良心有点儿小亏欠，卸磨杀驴是对人的批评。

最后主人反复想了几夜。还是在一天的清晨，趁着天还不太亮，路上的人少，把驴牵到屠宰人家。

驴，看看事已如此，命该如此吧，暗暗叫一声，罢了，闭上了那双大眼睛。

于是，一些人得意扬扬地吃上驴肉火烧，更有过分的，开了一个全驴宴的饭店，居然有广告说：天上龙肉，地下驴肉。我去吃过一次，竟然吃出了一股熟悉的味道，从此以后，再也不去吃了。

茅　山

山有大小，却无贵贱。

西东向南走，不拐弯儿，一直走五里地，平平整整的土地上突然出现一座土山，就是茅山。

西东本来已远离了太行山，是正儿八经的大平原，不知怎么，太行山的山脉在地下行走着，突然翘出一大一小两个尾巴，一个叫南山，一个叫茅山。

茅山太小了，几乎就是一个土山，当然土下面也有石头，不过石头少些，藏得深些。但茅山有一块孤立的大石头，叫凤凰台，高达近百米。在四邻八乡，这块叫凤凰台的石头名气极大，大人小孩无人不知，以至于一次我父亲说出："凤凰台上凤凰游，凤去台空江自流。"我竟然以为诗人来过我们茅山呢，但又有点儿不相信诗人真来过。

凤凰台，上去下不来。

偶然机会，从我老家一个同学微信里看到写茅山凤凰台的诗："往昔修道场，今朝人影叠。他欲求正道，登台拜神仙。"后来和同学聊天，他说茅山以出道人闻名，凤凰台是道人用法之所，台位于茅山之中，而高于此山。站于台上，可观数十里，晚上能听到天宫之音。台高百丈，无阶梯。台外壁有一石缝，内生杂草树木，攀者手足并用，手用力抓紧石缝中的草木，脚蹬在石缝中，小心登上。能攀上者，需胆大而心细，手足灵活。台上北高南低有古时牛车之迹，不知何时何人留下。站在台上数十里平原现于眼下，西观太行巍峨蜿蜒，南方对应的就是尧山，尧山乃尧帝的封地，故名为尧山。

西东人说，其实凤凰台就是一块大石头，那块石头很大，方圆数十米，底部与山相连，上部反而大于底部，使其看起来很危险。但一些人偏偏喜欢爬凤凰台。每年农历二月初十，是茅山庙会，一些好事者便结伴来到凤凰台下，攀爬凤凰台，一些人抱着极大的兴趣看热闹，我便是看客之一。

但我不知道他们为啥要攀爬凤凰台，多危险啊，可他们喜欢爬。

每年都有不同的人来爬，有不同的人来看，但也没发生过事故，不过危险的情况出现过几次，一些人就真的不敢下来了。

但他们终究还是下来了，下来了就好。

凤凰台有啥？站在另一个山头看，上面有一个几米高的铁架子，干啥用的？多年后知道那叫航标。

凤凰台下是石坑，大大小小的，有许多人放炮取石、盖房。石坑周围的土是红色的胶泥，黏性好，我去了就要挖一块回来和泥，刻模子。用来烧制各种人物、动物、植物造型的模型，把胶泥放进，磕出来，晾干。

几个小伙伴，每年春天都要玩几次。

茅山的西边，是一片小树林，小树林里哩哩啦啦住着几十户人家，就是茅山村。原本这里没有村，后来周边的几个村陆陆续续搬来一些人家，就形成了村，其中就有西东村搬去的人家，后来我一个堂姐嫁到了茅山。

茅山由于人少，地就多，尽管有的地并不是特别好，有些是半山坡，但总体上并不穷，反而比周围村要富裕些。他们的家都比较大些，往往种些树，许多人家里就有枣树。每到初秋，大枣由青变红时，我们就会以薅草的名义而来，看看谁家里没人。茅山也和我们村差不多，许多人家没有大门，有的有院墙，有的院墙也没有。

我们一看谁家里没人，就悄悄过去，到树下猛晃动树，让大枣落下来，赶紧捡拾。有时晃不下来，就用砖头砸，有时还要爬到树上去晃动。一次，振发刚爬到树上，就来人了，振发直接跳下，顾不上腿疼，跑了。

又一次，先中就没有来得及跑，被人抓住了，我们就在山坡下等他，好一会儿他才过来，我们赶紧问，咋啦咋啦。

先中说，没事，让人说了一顿，就放我走了。

茅山的大枣，个头大、甜、好吃。西东村大枣少，茅山几乎家家有枣树，先中说："你说，咱们不来茅山偷大枣，还能去哪里偷枣？"我听了，觉得有道理，要不怎么能吃上大枣呢。看挂在树上半红半绿、红的、绿的大枣，滚圆的大枣，一个挨着一个，或藏在叶子里，感觉到甜味直往嘴里钻，眼睛看着大枣，要不弄几个来吃，太可惜了。

能不能吃上大枣，对于西东的孩子来说，是一件挺大的事。天下大事，大不过一个滚圆的半红半绿的大枣。

磨 镰 刀

低着头，弯着腰，手中一把弯月镰刀在磨刀石上，霍霍霍霍……

两只手摁住镰刀，摁住一再冒出的想法。阳光正穿过树叶，送来一地的金子。田野上，麦子摇晃着身体，麦子在等待，也在逃避。

我把大拇指在刀刃试一下，再试一下，一把镰刀已磨得飞快了。我在刀刃上吹口气，气遇见刀刃，一下子分为两段。

好了，我要出发了，去地里割麦子。

我回头看看父亲。

霍霍霍霍，磨刀石越来越薄，父亲的腰弯成了弓，手中的力量越来越大，汗珠子掉在磨刀石上。割麦子之前都要磨刀，把闲了一年的斑斑锈迹除掉，好开镰。

田野上，麦子放开了身体，大片的绿正在变黄，发出绵绵不绝的香味。父亲伸手薅一个麦穗，在手里揉几把，放在嘴边，呼地一吹，剩下几粒麦子发着香味，放在嘴里嚼嚼。

嗯，好了，麦子可以割了。

第二天，天不亮，人们像商量好的一样，纷纷走出家门，手里握着镰刀，前前后后向地里走。我迷瞪着出了门，手里的镰刀锃亮发光，在微风中一闪一闪。

割麦子这活儿，西东的男孩子八九岁就开始干了，十来岁就割得像那么回事了。

到了地里，大家散开在自家地里。我和哥哥挨着，弯腰割麦子。割之前先拔下一把麦子，把麦子根须上的泥土，啪一声磕打在左脚上，泥土唰一声飞向远处。把拔下的麦子分成两份，挽在一起，放在地上，当捆绑麦子的麦腰子。

左手一搂麦子，右手把镰刀向前一伸，放在麦秆的底部上，一用力，刺啦一声，一大把麦子就到了左手里。

刺啦，刺啦，四周都是刺啦之声，像考试，笔尖敲在桌子上，响成一片。

看看手里的麦子，泛着金色黄光，真实的感觉，让自己有点儿小小兴奋。

当我再次直起腰来时，哎哟哟地叫着，长时间的弯腰，腰疼得只叫唤。哥哥停下手里的活，笑着说，你有腰吗？八十岁才有一个腰芽。

说完，我们俩哈哈大笑起来。

割麦子连小孩子都腰疼，大人呢？我没问过，但我见过父亲晚上回到家里，话也不说，直接躺在炕上。母亲做好饭了，派我去喊父亲吃饭，父亲才慢腾腾地出来吃饭，吃了饭，又倒头就睡。

如果麦子割得晚了，干了，就会摇在地里，浪费一年的收成。每个人都早起晚归，日夜不息地把麦子收到麦场里，连夜用脱粒机打麦子。我负责递麦个子，先用手把麦个子的捆解开，抱过来放在哥哥身边。哥哥抱起一抱麦子，塞进脱粒机里，脱粒机那头就呼啦啦地吐出麦粒。

麦子干了，扎人。天热，出汗，麦子扎人更甚。

我一边干，一边流汗，一边被扎。

先是星星渐渐暗淡，然后天就渐渐亮了。

之后田野，空了。

木　凳

一个板凳在风里孤独，在雨里腐朽。小小的身体，落满树叶，除了小孩子会对它感一点儿兴趣之外，没有人会看它一眼。

我家很长一段时间没有木凳，一个也没有。

我家有两把圈椅，黑色的，有点儿掉漆了，移动一下，感觉就要呼啦散架了，所以就一直在堂屋方桌两边放着，来了重要客人就坐坐，坐上，吱吱地响几声，像要散架，但并不真的散架。

哪里有什么重要客人？当然说有也对，比如姥爷来了、大伯来了、我父亲一个朋友苗老师来了，那一定是要在一把圈椅上坐下的，父亲就在另一把圈椅上坐下，陪着说话。除此，就没有重要客人了。

我不喜欢坐圈椅，我哥、我弟也不喜欢坐，连我娘都从不去坐一下。要是有一把木凳多好，可是没有，许多年都没有。

上小学要自己带小板凳，可是我带的是一个玉米皮编制的墩子。没有课桌，在一排排黄泥砌成的土台上做作业、上课。到了五年级，我们有了水泥板做的课桌，高度与课桌差不多，那样的话就得坐木凳了。可我家没有，星期天我就找我姥爷，姥爷家有一个，尽管有点儿破，姥爷送给了我。

我的木凳不能晃动，一晃动，一条腿或者两条腿会突然坍塌，木楔飞出，留下身后巨大的缝隙，夹住我年少不更事的屁股。没经过风雨的少年，只会下意识地惊叫一声，让同学们大笑，让我多年后的生活为之一颤。一个木凳，呆头呆脑地站在教室的角落，对眼前的事低眉顺眼，纵使三月小阳春，内心也泛不起小波澜。

我到教室外边，找来一截小树枝，啪，折断，钉子一样钉进去。用一块砖头，当当当当，砸进每一条腿的榫卯处，这样看起来木凳就不晃动了。正是春天，树枝如果不是砸进了我的木凳里，那它一定开始发芽，成长，可是它们无法在我的凳子上长出一棵不大不小的树。如此，一个木凳就不局限于一个木凳的定义。

像我这样情况的甚多,有的人来上课了,一看木凳要散架了,就勉强坐着。坐着坐着,一不小心,身体一晃动,呼啦一声,凳子彻底散了,一屁股坐在地上。看见的同学哈哈大笑不已,我看见也笑,可是有啥好笑的?我也不知道,我笑别人,别人也笑我。

我们就是觉得生活可笑。

或者,生活觉得我们可笑吧。生活是一个见多识广的老头,他不声不响地注视着一切。比如一把旧椅子,孤零零地在一个院子里,多久了没人坐过?除了灰尘,上面什么也没有,一片落叶也没有。或许旧椅子在等一个熟悉的脚步声,风来了,雨来了,春天来了,秋天来了,夕阳和夜莺来了,等的那个人来没来?除了椅子没有人关心。一张旧椅子,斑驳的衣服,固执的表情,热了,又凉了,鸟叫了,在我压低身子谛听时,鸟又飞走了。

日暮处,我翻动厚厚的书籍,不时向椅子的方向张望。一片叶子终于得到要领,从树上飘下,又飘起,最后落在椅子上,彷佛旧日子里的一支歌。

一切都不必说了,该来的早已消失,没来的,只是等待。

南　山

南山就是悠然见南山的南山。

站在西东村南，抬头可见一座山，就是南山。南山距西东十里地，说远不远，说近不近。

南山是个统称，指南边那一片山，包括了尧山、宣务山、干言山、卧牛山，西东人统称为南山。西东人说起南山时会说，那个地方可不得了啊，有龙脉，出过好几个皇帝。有柏人城遗址，李氏家族的发源地，出过李唐先祖宣皇帝李熙和光皇帝李天赐。我去过一次，一个挺大的高一米多的土台子，周围是一望无际的麦子地，看不出有啥异样的。不远处出过后周太祖郭威和周世宗柴荣两个皇帝，现在县城有郭威大街和柴荣大街。除了出过皇帝之外，还出过一个神仙，柏人县令王子乔在宣务山修行，得道后乘白鹤升天而去。

在尧山和宣务山之间有个大口子，我们叫山口。山口是山的口子，也是个村，也是山口公社所在地。南山庙会又叫山口庙会，一年共有四个庙会，最有名的是农历四月初一的那个庙会。以祭祀出名，方圆几十里上百里内的信徒或步行或坐毛驴车而来。庙会上算卦的、耍猴的、卖杂物的、卖凉粉小吃的、卖茶水的等，人来人往，很是热闹。我和父亲在山口街用绳子圈出一片地方存自行车，把一张特制的扑克牌，剪成两半，自行车主拿一半，我们留一半，来取自行车时，对一下，对上了就取走。从早晨八点钟，一直干到天黑，中午我们吃自己带的干粮和水。挣了多少钱我不知道，钱都在父亲手里，那是我第一次陪着父亲做生意。

山上曾有许多庙宇，有尧帝庙、禹舜殿、隆盛寺、千佛堂等，有数不清的石碑、佛像。每当庙会仍有络绎不绝的人赶来，附近村的小孩就常跟着大人，或者自己一群人去赶庙会，去山上看人烧香拜佛。上四年级那年，我的同桌小五就跟着他奶奶去南山赶庙会，被人轰赶时，小五胆小，撒腿就往山下跑，脚下一滑，摔倒在山上，一块石头正磕在牙上，满嘴是血。

等小五到学校上学时，老是拿一本书挡着嘴说话，说话声音呜呜的，我感觉很奇怪。一次趁他不注意，一把夺下他的书，看见他少了门牙的嘴，小计、勇子拍着桌子大笑，小五恼怒，站起来追打我，我转身就跑。

没有人能追上我。

后来，小五就张着一张跑风的嘴上学，说话、打闹，慢慢我们也习惯了，觉得跑风的嘴说出的话，尽管有呜呜的声响，也挺好。就在我们习惯后不久，他却去装了两个假门牙，银色的，一张嘴银光闪闪。

我去过多次南山，一般都是几个同学一起去，从北坡向上爬，沿着荒草小路，蜿蜒而上，许多寺庙已经拆毁，石碑、佛像已经砸烂，淹没在荒草之中。

鸟群从头顶飞过

时光翻到1983年的秋天，一个头戴破草帽的少年，仰着头，草帽发黑泛着黄，看上去就要滑下来了。如果从后面看，破草帽把他的脖子完全遮挡住了。

他仰着头，看一群鸟从玉米地里飞过，发出呼啦啦的声响，有上百只吧。少年一时有点儿数不过来，呼啦啦的鸟群飞得并不是特别整齐，前前后后，高高低低飞到另外一块地里。

天空或许是为了照顾这矮个子的少年，故意一低再低，终于忍不住了，落下几滴雨，噼噼啪啪，打在玉米叶子上，格外空寂。四周无人，只有看不到头的玉米，淹没了少年的头。

矮个子少年从玉米地里探出头，看见一只鸟脱离了鸟群，独自消失在天空里，像一滴雨，独自消失在大海里。更多的鸟在另一块地里叽叽喳喳，而这只鸟，独自飞走了，消失了。少年扛着铁锨，站在玉米地的边缘，似乎在思考，或者在眺望，似乎有放不下的事情在困扰着他，看上去有些苍凉之情。

少年突然对着天空喊了一声，吓我一跳，那声音玉米叶子一样尖锐、茂盛，在天空回荡着。碰上几滴下落的雨，这时天空突然出现一个闪电，从遥远的地方过来，一下，只一下，就消失了，但留下的光亮，久久地在少年的眼睛里闪着。这时一只鸟恰好在远方，在我看不见的地方，叫了一声。急促、刺耳，仿佛少年的叫声，让鸟心生不满。

不知道这只鸟，是不是刚刚消失的那只鸟。

这时候，黄昏来了，夜色渐渐笼罩了少年和玉米地。

明明刚才还在那块地里叽叽喳喳的鸟，这时没有了动静，或者它们已经消失了。这一切，像是我此刻的回忆，片面、潮湿、不知所云。一如我，从行走的路上回过身时，两鬓已长满了白发，在远离西东的秋风里，像一片枯叶，自顾自飘起、垂下。

飘起又垂下。

苹　果

上小学时没见过苹果，也没吃过。

第一次吃苹果是啥时候？忘了，但不会太早，应该小学毕业之后。初中一年级，开英语课了，有一篇课文说的是一个小孩去另一个小孩家做客，西东叫串门，串门是常事，没啥可说的。可是人家英国人与西东人不一样，于是主人家就招待这个小孩吃苹果。红彤彤的大苹果，配着图，很是诱人。我暗自大吃一惊，苹果，这么高档的水果，怎么随便去人家串个门就招待去吃这么贵重的东西，这东西，我还没吃过呢。嗓子里就悄悄咽下一大口唾液。

初中一年级之前，我没有吃过苹果。我问同桌刘小五，你吃过苹果吗，刘小五说，吃过一次，不过是和弟弟、姐姐，仨人分过一个苹果，可甜了。我说，我还没吃过呢。你看人家外国人，去别人家串门就让吃一个苹果，这么大，这么红的，外国人就是比咱有钱。小五撇了撇他的阔嘴，没说啥。

小五就是这样一个人，经常撇他的阔嘴。

我上小学虽然没吃过苹果，可我吃过甜瓜，甜瓜也好吃，甜且香，要不怎么能叫甜瓜呢。

下雨了，哥给我说，咱去买甜瓜吧。下雨天，熟了的甜瓜容易崩裂，卖得便宜。

我们一人披上一块塑料布向村南走去，走了大约两里地，钻过一大片玉米地，看到了甜瓜地。甜瓜地有人看守，地中间搭一个窝棚。买了几个？我忘了，只记着买了之后，在走出甜瓜地时，哥说，我走后边挡着你，你看见甜瓜就薅一个，他们看不见。

哥走在后面，故意把塑料布弄得很开，我走前面，看见有大的甜瓜，一弯腰就薅了一个，一弯腰再薅一个。一路上心脏突突突突地跳着，脚步因紧张而轻松，走得快飞起来了。

甜瓜真好吃，甜的真甜，面的真面，吃进嘴里有种绵柔细长的感觉，吃一次余味不绝，半天了，舌头还在嘴里四处找寻。

但我还是想吃苹果，想吃，但我不说。明明不可能得到的东西，就不能说想，我从小就是一个有自尊心的孩子，穷人家的孩子自尊心往往更甚，只不过有时自尊与自卑分不清了。再说，我身边没吃过苹果的人多了去了。苹果代表好看、好吃，有香味，高级生活。说谁长得好看，大人们就会说，看人家谁谁的脸，红扑扑的，苹果一样好看，我就越发向往苹果了。

上班后，同事们说谁长得不好看，长得土，就说这从小吃土豆的与从小吃苹果长大的，就是不一样。

其实，我小时候，土豆也没吃过，但我吃过红薯，红薯与土豆差不多吧，好多地方土豆就叫山药蛋，西东把红薯也叫山药。

吃苹果印象最深的是我到石家庄上学了，开学不久就是八月十五，学校不知道为啥给我们每人发了几个苹果。我们把发的苹果放在箱子里，每天吃一个，开玩笑说，每天一果，觉得自己的日子一下城市化了，一下子了不起了。

上班后，做野外工作，到张家口施工，坝上风大，但水果也多，这出乎了我的意料，吃苹果就成了家常便饭。到果园镇一带施工，正是七月，我们翻山越岭测量线路桩位，水喝完了，渴得嗓子呼呼冒烟。在一个山坡上突然看见一片苹果园，直接奔过去。苹果鸡蛋大小。吃吧，顾不了那么多，反正四下无人，摘了就吃。第一次知道了吃苹果可以噎死人的，为啥？小苹果没水分，发柴，发干，使劲咽下去，噎得我直瞪眼。

只好作罢，继续渴着。

想起有一年不知为啥，我家真的出现过两个苹果，苹果怎么来的，我不知道，也不敢问。反正知道家里有两个苹果，我哥哥知道，我弟弟也知道。怎么知道的？苹果有香味，把苹果放在屋子里，满屋子都是香的，能不知道吗？但知道也没用，娘把苹果藏起来了，藏在炕上的箱子里，咔嚓，落了锁。一天又一天，我们全家都生活在苹果的香味里。

后来不知道啥时,这香味淡了,没味了,娘突然想起了苹果,开锁拿苹果,想给我们兄弟几个分分吃,要是这样的话,我就不能说,我小时候没吃过苹果了。可我说过我小时候没吃过苹果,娘拿出苹果后发现,苹果烂了,烂得只剩下苹果核了。

我悄悄捡回娘扔了的苹果核,闻了闻,还有点儿淡淡香味呢,这淡淡的香味就留在我的记忆深处。

雀 蒙 眼

西东人常得雀蒙眼，我也得过几次。天一黑，啥也看不见了。治这病，很简单，吃鱼肝油，一吃就好了。但那时，药少。

麦收，我跟着父亲割麦子，场地在另一块麦地。天慢慢黑了下来，我们俩开始装车，把割下来的麦子捆成麦个子，装在排子车上。父亲拉车，我在后面推，运到场地去。

天黑透了，远远的机井房边，电灯亮着，看起来，朦胧、遥远。

我在后面低头推车，天黑得我低头连自己的脚都看不见。睁着眼和闭上眼差不多，跟着排子车走，跌跌撞撞的，人为啥闭上眼就走不稳了呢？

当一个人抬起头也看不见路时，抬头和低头就只是心里上的一种认知状态而已。

抬头看看天空，空洞的黑，似乎有三两颗星星，煤油灯一样闪烁了一下，不见了，一会儿又看见了。

向四周看看，无穷的黑。

世界是黑的，空洞的黑。我高一脚，低一脚地向前走，无法平衡自己，无法把握自己，就像我的生活，只是跟着时间懵懵懂懂地走，走一步是一步，不知道时间会把自己带向哪里。等到家了，看见灯光，这灯光朦胧得像在大海上看见一盏马灯，晃晃悠悠。

有一次是在学校，下了晚自习，一出教室，一下子陷入茫茫的黑中，我赶紧拉着爱军的后衣襟。爱军个子高，步子大，我有点儿跟不上。向宿舍拐时有一堆石子，爱军走过了，我一脚迈上去，脚下突然绊了一下，一下子扑倒在石子堆上，呼啦一声石子在身下向四处散开。我趴在那里，待了一会儿，哪里可以让我安全站起来？哪里都是我看不见的黑啊，我突然茫然起来。爱军一回头，哈哈大笑起来，笑声有点儿沙哑，看我趴在那里不起来，就过来扶起我，拉着我走向宿舍。

一个人在黑夜里待久了，再黑的黑夜，也有光芒，哪怕是伸手不见五指的黑夜。可是我得了雀蒙眼，我的世界就是无穷无尽的黑，我只能用手摸着前行，如盲人一样，可在天亮的时候，我明明还看得见东西啊。

去 邢 台

邢台是远离西东一百多里地外的一座城市。

姑姑是邢台的，父亲说我两三岁的时候，跟着姑姑在邢台住过一年。这么一说，好像真的有点儿印象，在一个大平房家属院里住，可是后来我再没见过那个家属院，所以连我自己也搞不清楚，这是我的记忆还是我的想象。

初二那年放秋假，我骑自行车，后架子上绑着排子车，排子车上坐着三弟。一大早从西东村出发，向西、向西，再向南、向南。在乡间公路、县级公路、107国道行走。我骑自行车技术极为高超，在太阳冉冉升起中一路向邢台出发。

午后，一路平安无事地到达邢台的姑姑家，转了几个身，天就黑了。第二天，天刚亮，被姑姑喊醒，姑姑做好挂面鸡蛋。吃完饭，把自行车装在排子车上，又装一个大方桌，两个木箱子，几个大大小小的包袱。然后我和三弟在太阳出来前，踏上回西东的漫长归途。

我拉排子车，三弟用一条绳子绑在车上，在我的侧前方拉偏套。我迈着大步走在邢台的大街上，一路走一路忙里偷闲东张西望几下。我看到的一切都是新鲜的，楼房、人群、商店都像菜地的黄瓜，带着新鲜的顶刺和鲜嫩的黄花。我的眼睛有点儿不够使，三弟一边看，一边说，哥，看那个楼真高，看！公园。

我们拉着排子车走出了邢台，一路沿着公路走，公路有起伏，我们的脚步就起伏。那时的汽车不多，我们长时间行走在没有多少汽车的公路上，可以放开脚步跑一会儿、走一会儿、歇一会儿。头顶是仲秋的阳光，明亮而不毒辣，金灿灿的。

路过内丘县一个村时，到了正午，我们在一棵大树下停下来。拿出车上的馒头和水，开始吃午饭。旁边的两个中年妇女突然对我们感起兴趣来，耍把戏的吗？来给我们耍一会儿，我们管饭。

哈哈哈哈，我和三弟笑得前仰后合，她们把我俩当成耍把戏的了。尤其是三弟，笑出了眼泪。我一边吃着馒头一边说，我们是过路的，不耍把戏。

吃完饭，继续赶路，像《西游记》说的，赶路要紧。

下午的路程遥远起来，不像上午那么轻松。路似乎越走越远，遥遥不见头。走了一段又一段，走了一程又一程，过了一个村又一个村。

脚不能停，风吹着风，路连着路。太阳慢慢走到了西山时，我们走到了离西东村十里的县水泥厂附近。一件意外的事发生了，排子车胎漏气了。车子越来越沉，我对三弟说，咱加把劲，拉到水泥厂门口。

我知道水泥厂看门的老头是我们村的，我说了情况，老头说，噢，岐子的孩子啊，把车放这里，一会儿工人下班有咱村的，我让他给你父亲捎个信。

大约两个小时后，或者时间更长些，天完全黑透时，父亲来了。用自行车带着一个排子车轮，换上，父亲拉着车子，我推着自行车，三弟后面跟着，我们父子三人像三个影子走在黑夜里。

山　药

西东人把红薯叫山药，那曾是一个山药的世界，山药养活了西东人，比如我。

每个生产队都有育山药苗的土坑，我没有种过山药苗，但我翻过多次山药蔓。山药苗长得很快，不几天就长得一米来长了，郁郁葱葱地盖满了土地，互相纠缠着，互相拥挤着，你中有我，我中有你。这时候就要翻山药蔓了，并顺便拔草。三十年后才知道这时候的山药蔓尖是可以吃的，炒菜极好，但那时西东没人吃，根本就不知道这东西能吃。

我蹲在地上，左手拿起一个山药蔓理顺了放在左边，右手再拿起一个山药蔓理顺了放在右边，一行一行倒向一侧，分开彼此的纠缠，让各自清晰明了。如果有草，这时暴露于天下，我就一把薅掉，草的汁液弄得满手绿。我就这么蹲着，左手一翻右手一翻，生动的、满含汁液的山药蔓一垄一垄就翻好了，各就其位，一目了然。

我的裤脚与山药蔓摩擦着，起起落落。

山药的产量高，省事，除了翻翻山药蔓外，几乎就没啥事，水也不用浇。到了深秋，在霜降前刨山药，那是生产队的一件大事。女人专门负责用镰刀把山药蔓割走，抱着堆放在一边。几十个男人一字摆开，每人一个三齿粪钩刨山药，一粪钩刨下去，向上一别，连在一起的山药就出土了，大的小的都有，弯腰用手一拎，扔到一起，一会儿就是一个山药堆。

刚开始刨时，大家还穿得严严实实，不一会儿就额头出汗，再一会儿身上到处是汗，脱了外套，只穿里面的粗布布衫。往手心吐一口唾液，抡开膀子继续干起来，伴随着此起彼伏的笑声，不管怎么说，收获总是让人高兴的事。

天将黑之时，队长喊停刨山药的人，按户分山药。你家一堆，他家一堆，各家开始用排子车装山药。我家排子车坏了，得等别人把山药拉回家之后，再借用别人的排子车。父亲回家去拉别人的排子车，我在地里看着分给我家的山药。

天彻底黑了下来，刚才还乱哄哄的人，一个一个都走了，剩下我一个人孤零零坐在山药蔓上，一手拿着一个山药啃。一块山药啃完了，父亲还没来，就再啃一个，一边啃一边感受黑夜在旷野慢慢降临。只能看清脚下的山药和屁股下的山药蔓了，一些虫鸣似有又似乎无，村庄里似乎传来大人喊小孩的声音，喊的谁？又听不清，侧耳细听，也听不清楚。风开始凉起来，好在月亮出来了，但一副不情愿的样子，也不太亮。

父亲来了，远远地喊了我一声，我赶紧答应。我和父亲开始装车，我的手比平时更利索些，似乎感觉不到劳累。装完车向回走,父亲在前面拉着车子,一边走一边唱戏,慢慢悠悠的,特别好听,我跟在后边,不再害怕。

刨完山药后,许多人去地里拾山药,拿一把铁锨,背一个筐在刨完山药的地里捡拾落下的山药。也怪啊,不论翻了几遍的土里,总会有一些山药藏在里面,这当然要看运气了。不过这运气一是靠勤劳,多翻动土地,还看经验,这经验有时就是感觉,没有理由,因为说出理由的经验,基本上谁都知道。

一个背着筐的七八岁小男孩,在秋天的田地里,走着,翻动着土地,不说话,不停息。累了就一屁股坐在田地上,发呆,看一块土坷垃在更多的土坷垃之间待着,无声无语。

分的山药一部分存在山药窖里,西东每户一个山药窖是必不可少的,一部分擦成山药干儿。把一车山药拉到刚长出麦苗的田地里,用一把专用擦山药的擦子擦。姐姐负责擦山药片,我负责晾晒。我用一个篮子盛着山药片,一片一片摆放在麦田的土埂上,白花花的一大片。晾晒山药干儿最怕突然下雨,一场连绵不断的秋雨,让没有晾干的山药干儿发霉。一旦发霉了,就要扔掉一部分,余下的也特别难吃,而山药干儿几乎是一个冬天、半个春天的必备食品。

遇到下雨,得赶紧到地里收拾晾晒的山药干儿,等天晴了再拿出来晾晒。

最好吃的是烤山药和晾干的熟山药干儿,做完饭,拿出两块山药埋于灶火下的灰中,用炭灰余火慢慢烤。放学后,赶紧到灶火中取出一块，用手把灰擦去，轻轻剥开山药皮。呵，真香啊，皮是软的，香甜香甜的，那几乎是我少年时期最好吃的食品了。另一种是晒山药干儿，煮山药时，把一些边边角角不成器的小山药切成片或直接挂起来晾晒。房檐下，一串一串的，几天以后，就可以吃了。每天放学就上到房上，趴在房檐上，一探身，摘下一串，拿下几个山药干儿，把余下的再挂上。每天拿，每天都能吃上几个，晾晒好了，也就吃完了。

每吃一个，口有余香，久久不散。

石匠和石头

一块石头，注定要遇见石匠。

可是，爹是个孬石匠。孬，不好也。一个石匠的任务就是干石活儿，把活儿干好。可是爹却干不好。爹为啥要非要去当石匠？理由简单，为了挣钱养活一家老小。挣到钱了没有？没挣到。

也不是一点儿没挣到，不过是挣得少了些，少到可以忽略。

爹当石匠，主要是打门墩。用排子车从南山拉来一车石头，在院里的槐树下，抡起锤子在錾子上敲打起来。多是阴天下雨时或者在晚上的月光下，咔咔，咔咔，铁与石头撞击声清澈、悠远。如果用录音机录下来，或者拍成小视频，一定很有空旷、宁静的诗意。可惜，那时没有录音机、手机。

爹本来干活儿就手笨，又没干过石匠，不过是看邻居干这活儿，能挣点儿零花钱，便动了心，去当一个石匠。

说当就当，边学边当，当不好也当，爹看准的事，一定试一下。

爹认真地抡起锤子，一锤子一锤子打下去，錾子在石头上发出刺溜刺溜的小火光。石匠属于匠人，不是谁想当就能当的，爹没有办法啊。没钱买盐了，没钱买煤油了，大哥要缴学费了，不当石匠咋办？当石匠又当不好，门墩打不周正，该四棱四角的，角常豁了一块，该凿痕整齐、方向一致的地方，就大小不一，时断时续的。就是二胡叔说我爹的：你这活儿干得不咋地。其实这也无所谓，就是少卖一点儿钱而已，农村人也不太讲究，乐得买个便宜货。当然也有的石匠打的石头卖得好，我的邻居二胡就打得好。二胡姓刘，个矮、体壮，常年蒙一块白头巾，一生未婚，但善讲评书和雕佛像。刘二胡手大且巧，天生适合当匠人，能把一块粗糙的石头雕刻成一个令众人跪拜的佛像，一排一排在他的院里，或大或小，或站或坐。一块石头经过千锤百凿之后，从一块普通的石头中脱身而出，突然成为一个佛像。成了佛像的石头便不叫石头了，叫佛，叫神仙。所有的人要敬拜要烧香，不论岁数大小。连亲手做出他的刘二胡也不能例外。刘二胡完成一个佛像雕刻之后的第一件事就是，拿一块脏兮兮的白

石匠和石头

布，把佛像擦拭一遍，然后双手合十，给佛像磕头。这佛过些日子就被人请走了，当然价格不便宜。

当我的邻居刘二胡在雕刻佛像时，我爹在认真打门墩，由于过于认真，有时便跑了錾子，铁锤打在手上，在月光下发出哎哟一声叫喊，然后是一两分钟沉默。随后咔咔的声音又响起来。此时，夜深了，月光下，咔咔的打石头之声，清脆地在西东村的上空响着。一块没有形状的石头，渐渐成了一个个不大不小或规矩或丑陋的门墩，安静地站在院子里，或凌乱或排成一排。门墩是用来盖房或放在大门口供人坐的，如此，山上一块青石的使命大体完成。石头很多，先不说每日开山放炮开采的石头，就是乡村、城市里现有的石头就数不清，就多过天上的星星。乡村的大街上常常胡乱散放着一些石头，大小不一，多少年了，放着也没啥用，不过是一些孩子在上面爬来爬去。不像城市里的石头，一块或一堆大石头随便站在公园里，就会被人当成风景，那缓的部分被看成山坡，陡峭的部分被比喻成山崖。如果是河边或河里，就是岛屿，就是堤岸。被水冲洗就光滑，就有各种形状，就有人徒步在河滩捡石头。一些古老的石头渐渐被赋予多种审美和意义，这意义或许石头本身并不知道，或许是石头并不在意这些。有几年，我常去一个叫大梁江的山村，那是太行山深处的一个石头村。一块又一块石头，横七竖八地铺在山村的大街小巷上，这些石头存在几万年了吧，起码铺在这里就几百年了。那么青的石头，还青着，我踩上去，一些光滑的石面照出了我的影子。我想，这影子应该与几百年前人的影子差不多吧，轻薄而散淡，有着古老的气息。如是深秋，一些落叶翻卷着，走走停停，应该与古时的落叶也差不多吧。真想看看几百年前的人，他们是什么样子，他们是如何在这间、那间石头房子里读书、说话、生子繁衍的。这些大的小的圆的方的有光的无光的石头，从山上走下来，以房子、以道路的方式繁衍，时间从高处顺流而下，经过我的身旁，我成了它流传后世的见证人。

在这里，石头仿佛成了古人，成了一种见证。

石头和大地同在，大地上一茬茬的人来了，又走了，一块石头的命运，其实就是一个人的命运。一块石头的命运，又不是一个人的命运。

一块石头的命运，就是一块石头的命运，与我们的看法、想象、比喻无关。他们独自生活着，一年又一年，孤独又热闹。

十字路口

在西东，十字路口特指大街与南北街相交的路口。

十字路口有一棵大槐树，树下有一个土地庙，后来不知道为啥，树还在庙没了，再后来，不知道为啥，树不在了，又有了一个庙。不过庙里却没有土地爷，一个空空的庙，只是到了过年的时候才有人用红纸写了土地之神位的帖子，于是就有人去烧香。后来的庙里有了个白布画的土地爷，一米多高，慈眉善目，笑嘻嘻的。

有没有土地庙，那儿都是西东的中心，不仅是活人的，就是人死了，孝子贤孙都要列队到这里来。他们一边哭，一边跟着一个手里托着一个木托盘的老头，老头不时从木托盘上拿几张烧纸，点着，细细的火焰里，有人哭，有人看。

一把纸灰在空中飞飞扬扬。

老头走在前面，孝子贤孙走在后面，走到十字街口停住。老头在地上用一颗小石子画个圈，在圈里点上烧纸，孝子贤孙立即跪下磕头大哭。老头说，好了，回去吧。孝子贤孙站起身来，一路大哭着，跟在老头的后面回家。

在西东这叫压纸。

一天一次，一共三次，一次都不能少，这是规矩。

要是娶媳妇的经过十字街口，要停车停轿，吹打的艺人，要再卖力地吹吹打打一番，然后再起步前行。

平时，常有人什么也不做，就是在十字街口的几块石头上坐着，看人来人往。

卖菜的、换豆腐的、耍猴的，第一站一定要到这儿，把车子停下来，清清嗓子，喊两声，或者当当敲一阵锣，算是开张了。孩子大人听到锣声，纷纷从家里出来看热闹。

后来十字街口的东南角盖了小卖部，生意兴隆，有事没事的人，就在小卖部里聚，下象棋的、听收音机的、聊天的、打情骂俏的、传播小道消息的。一些人要是一天不来十字街口一两次，就感觉心里没着没落，心神不定。有些人，主要是老太太，还爱站在十字街口正中央说话，说得特别投入。一个骑自行车的人过来了，一个拉排子车的人过来了，一个放学的孩子过来了，两个或几个老太太硬是不知道，硬是都沉浸在自己的聊天儿中，好像自己聊的是国家大事一样。有一次我偷偷听了几句她们聊天儿的内容，天哪，她们说的像是外国的事一样，我竟然听不懂，实在无趣，就跑开了。可路过的人不能跑开，他们要穿过去，只好等着老太太把天儿聊完。

哈哈，这些人可错了，等老太太把天儿聊完，那简直是一件不可能的事，有性急的人就高喊道，借光借光，过一下。这时老太太们才恍然大悟，情愿或不情愿地分开，让来人通过，嘴里还念念有词。

有的老太太就借机分手，回家做饭，有个别的老太太，又走过来，继续聊。反正西东人都习惯了，见怪不怪，熟视无睹了。要是哪天一整天，没有一个人在十字路口聊天了，西东人还不习惯呢，就会说，人呢，咋没有人呢？奇怪。

有些人要去地里干活儿，走到十字路口，看见别人聊天或者下棋，就观看起来，忘记了自己要去干的事。等突然想起来了，一拍屁股，说声，娘哎，转身急匆匆走了。

有一次，我在十字路口等小计一起上学，等了小半天也没等到小计，原来他病了，正躺在炕上睡觉，我一看，转头就向学校跑去。到了学校,都快下课了,我因此第一次受到老师的批评,被罚站。老师说,像你这么不好好上学的人,将来一定考不上大学。我想老师说完肯定又后悔了,因为后来,我班有两个人竟然考上大学,其中一个就是我,我自己都感到有点儿奇怪。

不过,那是多年以后的事了。

收　秋

秋天到了。

首先是谷子要熟了,然后高粱熟了,大豆熟了,玉米也黄了,玉米的胡须又黄又长。

谷子熟了,谷子就低下了头,沉重的颗粒饱满的头,低垂着,任凭偶尔的一只鸟啄。高高大大的高粱就红了脸,好像在成长的时候干了什么坏事,等成熟了,洞察世事了,就红了脸,不声不语。而豆子就张开了嘴,露出圆滚的内心,又是一副不耐烦的样子,好像在说,赶快收吧,再不收我就炸在地里了。玉米先是叶子开始发黄,玉米皮由绿变白变黄,渐渐显出干枯状,连玉米地里的草,都开始变黄了,玉米胡须稀疏干枯起来。

谷子低下了头,是在等待一把刀的到来。先是一把镰刀,飞舞着过来,咔嚓咔嚓,把一大块地里的谷子割倒在地。金黄的谷穗躺在地上,依然显得饱满。然后等来一把刀子,这是一把专门用来掐谷穗的刀子——扳刀,握在手掌里,高寸余,长两寸余,用一个绳套在中指上,寒光闪闪。

我蹲在地上,左手拿谷穗,右手用扳刀,咔一个咔一个,把谷穗掐下来,剩下干草。谷穗相对好掐,刀子快,加上谷子秆细、脆,手腕稍稍用力,一个谷穗就下来了。一堆金黄的谷穗,金子一样发着光,像一堆思想,互相挤压着,聚集着,这不过是我的一点儿遐想。

扳刀掐谷穗锋利,但如果是掐高粱就费力些,高粱是种高大植物。

高粱高高直直地长在地里,比我都高,葱葱茏茏地被人称为青纱帐。我举着手,手指戴着扳刀,用力地把一个一个红红的高粱穗掐下来。眼前是一望无际的高粱地,红红的头,看得眼晕。

麦十天,秋仨月。这是说麦天从割麦子到晒好麦子收到仓里,不会超过十天,所以又叫抢麦收,主要是急。秋天从开始收玉米、谷子到种上冬小麦,哩哩啦啦得四五十天,熬人啊,把人熬得疲惫不堪了,正好秋收结束。

我穿好长袖衣服,进入玉米地,抓住一个玉米向下拉,刺啦一声,一个玉米就掰下来,放进背后的筐里。筐满了就背到地头,哗啦倒成一堆。干累了休息时,就找一个绿的玉米秸,撅断了,取下半截半米长左右,坐在地上,用嘴一点儿一点儿撕下玉米秸的皮,像吃甘蔗一样嚼里面的甜水,当零食又当水了，还解乏。

不觉日过午，饿得不行了，才回家吃饭。把玉米装上排子车，拉着回家，一路弯着腰，高高低低地行走，心里却想着一些异想天开的好事，不觉就到家了。

吃完晚饭，娘在洗锅刷碗，我们一家人在月光下扒玉米皮，也奇怪了，秋天的月亮亮得耀眼。我坐在高高的玉米堆上，一边胡思乱想，一边用手刺啦一下，刺啦一下，撕下玉米皮，把干净的玉米扔在一堆。每天干到十来点，月把天照凉了，玉米也成一大堆了，也睁不开眼了。回屋，也不点灯，摸黑脱鞋，上坑，倒头呼呼睡去，一夜无梦。

等不忙了，有空了，搬个小凳坐在院里，坐在屋地上，拿一把改锥把玉米隔三差五推下来几列，然后用手把玉米粒，呼啦呼啦搓下来。由于玉米多，这就成了一个漫长的过程，好在这活儿不急，慢慢干，这样每天晚上都有事干，会一直干到冬天。

收完玉米，之后就是谷子，把谷穗运到家里，晒干了，在房顶或院子里铺开，厚厚一层。我坐在谷穗上，用一根手腕粗细的大木棍子，抡圆了开始捶打谷穗，一下一下，左左右右，前前后后地捶打，一边捶打一边可以听见谷子粒掉下来的沙沙声。刚开始捶打时激情四射，大木棍子抡得也圆，后来慢慢就成了一种机械运动，毫无激情地上下捶打着。捶打时，又开始我的思想漫游之路，这样小半天下来，虽然成果不算太理想，但也不感到太累。娘看见我一直在干，感觉我干活儿的态度挺端正的，会露出微笑。

掐去谷穗后剩下的干草，扎成捆，西东叫干草个子，长时间立在田地里，或运回场地堆起来，成一个大大的干草堆。我上学时，住的宿舍没有床，连土坑也没有，就是睡在地上，多冷啊，还硬。晚上我们几个同学就悄悄跑到老乡地里，抱起俩干草个子撒腿就跑，一溜小跑喘着粗气回到学校。把干草个子打开，小心铺在地上，厚厚一层，把褥子铺在上面，重重地躺上去，哎呀，多柔软多暖和啊。一时就觉得，这大约就是世界最软的炕了。

相对于收玉米、谷子，我最愿意收芝麻。芝麻很少单独种，主要是产量小，一般套种或补种在棉花地里。芝麻开花节节高，一层一层的芝麻贴着芝麻秆向上长，看着就喜人。从快熟开始，只要在地里干活，就会跑过去，揪几个芝麻梭子吃。等芝麻收了，运到家里的房顶上，把芝麻扎成捆，一捆一捆的芝麻互为犄角站立在房顶上。每天下学后，爬到房顶上偷吃几梭子芝麻。芝麻最香了，芝麻榨出的香油是世界最香的油，要不怎么能叫香油呢。娘在锅里放香油时，都是用一根筷子伸进香油瓶里，带出几滴来，滴在锅里。如果哪天我一时兴起，把芝麻个子倒过来，用手拍拍，哗啦哗啦，又白又黄的芝麻落在房顶上一层，用手捧起来，用嘴吹去芝麻上的杂物，看着手里的芝麻，用舌头舔一下，再舔一下，闭上眼睛回味。后来干脆，一张嘴把手里的芝麻全部倒进嘴里，大口咀嚼起来，香得脸部都变形了，感觉这香会留存一整天。

之后，一场风来了，冬天也就到了。

睡不着的人

太阳落山，天一点儿一点儿拉下帷幕，世界黑下来。

不一会儿就夜黑人静了，人们打着哈欠，一扇扇破门吱呀吱呀地关上，噗一声，纷纷吹灭黄豆大小的煤油灯。

世界彻底静下来。

但总有一些人睡不着，比如刘六，这时候就披上衣服，推门向外看看，看看四下黑得啥也看不清了，连狗都找一个角落闭上眼了，就说，哎，是时候了。

一个人向外走去。

去哪儿不是目的，就是出去逛逛，在大街小巷，场地破屋。一个人无所事事地走着，有月亮的时候，就靠着月光，有星星的时候，就靠着星星的光，东走西逛，东瞧西瞅。看见猪圈里的猪，就默默看着猪在猪圈里呼噜呼噜睡觉，他喊两声，猪一动不动，对他不理不睬。他就继续走，走到一棵树下，抬头看看树上的鸡，鸡落在不同的树杈上，闭眼休息，对刘六的到来不以为然，刘六就嘿嘿地笑两声，突然走过去，猛然晃动树，受到惊吓的鸡，忽地飞起来，一阵乱叫。

刘六就在这乱叫声中，嘿嘿笑着走远。

刘六，有时抽着烟借着星光、月光，到一些人少去的偏僻的小巷，没人住的老宅边转转，摸摸那些老旧的土墙，晃晃那些陈旧的大树，绕开几块破砖烂瓦走开了。遇到了谁家的黑狗卧在门口，他就停一下脚，这时狗一定也看见了刘六，狗眯缝着眼，懒得叫，任凭刘六站在那里，或大摇大摆从狗身边走过。刘六有时就从狗的身上迈过，迈过时故意装作不小心踢一脚狗，狗轻叫一声，起来走几步，找个地方，继续趴下睡觉，表示对刘六的轻视。

刘六感觉到了这种轻视，唾一口唾液，就骂骂咧咧地走了。

要是秋天，刘六就走到村子外，但绝不走太远，就绕着村子转转，转得自己都没意思了，转得星星都闭眼了，才回家睡觉。要是夏天他常常遇见一些睡不着觉而聚在一起聊天的人，他就坐下来，听人家聊。刘六不怎么插话，只是听，一边听一边走神，往往等他回过神的时候，发现人家已经散了，刘六拍拍屁股上的土，走了。

其实睡不着的还有一个人，就是王四。王四与刘六不同，王四只是坐在自家大门外的石头上，就是一个人坐着，不聊天，不想事。一个老农民有啥好想的呢，大事不用想，小事几下就能想完，搁不住天天想。

王四就这么干坐着，有时咳嗽几声，有时咳嗽一大会儿。

刘六走过来，与王四相遇了，两人也不说话，就默默地坐一会儿，刘六的眼睛，骨碌碌地看着一个方向，王四也看着另一个方向。两个人像两棵树，风一吹，转一下方向。

当然，有时也打一个招呼，都是刘六先开口：坐着呢。

转转啊。王四回问一声。

然后没话了，坐一会儿，刘六转身走了，走的时候王四也不问。

有时候王四不知道刘六已经走了。知道和不知道结果都是一样，对于王四来说，没有啥是不一样的。

太 姥 姥

无尽的黄昏中,夕阳已落进西山,一个腰板挺直的小老太太,瘪着嘴走来,她目不斜视,端正大方地走来,看起来又有些孤独。

我在她的后面跟着,不知说什么。

我把这个老太太叫太姥姥或者叫姥姥娘。

她是我娘的奶奶。

前几天回老家和娘聊天,说着说着说到了太姥姥,似乎立即就有一个瘪着嘴、裹着小脚、精神矍铄的老太太走到我的面前,高声说,平子来啦,走,回家去。

太姥姥是南路村的,从西东向正北走,穿过一片小树林,拐一个弯儿,沿着庄稼地里的小路向东拐,走三里地就到了。

老太太常常在巷子口的石头上坐着和人聊天,看到我,眼神明亮地站起来,拉着我一起回家。老太太有时拿一根木头拐棍,有时不拿,拐棍就是老太太一个道具,手里拿着并不真用。我十岁时,老太太九十多岁。眼不花,耳不聋,头上向后梳着一个纂儿,光光的。头发有点儿灰,并不白,永远精神头十足，比我姥姥都有精神，能把咸菜切得很细、很整齐，能几十米之外认出我，大声喊我的名字。

每次去了，老太太就和我说话，叨叨叨叨的。现在想想，实在不知道一个九十岁的老太太和一个八九岁的小男孩儿能说啥。那对话如果现在能记起来的话，一定有趣好玩，可惜，实在想不起来都说了些啥。

老太太出身于有钱人家，却一生坎坷。我太姥爷也是富足人家，后来不知道啥原因开始抽大烟，家慢慢败落了。到我姥爷长大时开始做起油坊生意，家里慢慢又富裕起来。一年，姥爷扩大了油坊的规模，生意做得风生水起，有了许多大客户，县联社就是一个。姥爷的油坊给县联社加工了大量的油，加工油之后的麻仁饼，不知道何故一直没拉走，就在姥爷家里堆放着。我娘说，好大一堆啊，山一样大，那时娘还是个小孩，十来岁的样子，娘说，那时我和你大姨一起干活儿，那时年龄小，也干不动啥。到了冬天，县联社来拉麻仁饼，一过秤，麻仁饼的分量不够了。

不几天，县里来人竟把姥爷抓走了。我娘说：没办法，没有地方说理，你太姥爷天天在大门口等着你姥爷回家，天天在那里骂，不几天活活气死了，到死你姥爷也没有被放出来。

娘说，放了半年的麻仁饼跑了水分啊，可去哪儿说理去。哎，这事都过去了七十年了，娘坐在院里的树荫下，和我聊起这事时，还在叹气，娘说，那时咱家成分高啊，受人欺负。

太姥姥觉得，天塌下来，日子还要过下去，卖了两间房子一个小院，凑了家里的钱搭救姥爷，姥爷才出来了。为啥需要那么多的钱呢？不是开油坊挣了不少钱吗？我问娘。娘说：听大人说，县里在收拾有钱人呢。钱一次次送出去，最后没办法卖了东边院的两间房子，才把你姥爷救出来。

太姥姥说，人出来了，就有生活了。

太姥姥是一个生活的坚定者，常说一句话，凡事都得过去，没啥好怕的。这点上，姥爷随了太姥姥的性格。姥爷不爱说话，说一句是一句，掉地上能砸一个土坑。没有啥事能难得住他，在村里威望极高。

到二十世纪八十年代中后期，我姨姨因病去世，不久，姥爷去世，再不久姥姥去世。这个世界对太姥姥来说，越来越空洞了。

我和娘去看太姥姥，老太太在大街上的石头上坐着，看到我和娘来了，就站起来，咧着嘴笑着，领着我们回家。

那是一个秋天的黄昏，没有风，夕阳正在落向西山，一个近百岁的老太太挺直腰板，领着我们走回家，穿过长长的巷子，走的步伐虽小，但走得端正大方，走得目光坚定。

仿佛前面都是路，她的眼睛一点儿也不花。

一个老太太，迈着小脚，走在秋天的黄昏中，一直走，不回头。

蹚　水

西东淹没在冀中平原一望无际的黄土中，两县三乡交界，说大不大、说小不小的一片椭圆形树叶般的村子。

村西是小学，土围墙挺高，夕阳下泛着土黄色的光。我向手心吐了一口口水，一个助跑就向土墙上蹿去，手脚并用，见缝就抠，见凹处就蹬。爬上去了，感觉自己超霸气，嘻，要是不费我一番力气，我还就真爬不上去。手扒着墙头往下出溜，咕咚一声，一个屁股蹲儿，坐在地上，龇一下我的小板牙，吸口气，看四下无人，撒腿就跑了。

学校有三个院子，从北向南一个连着一个。我在三个院子里拖着鼻涕来来回回跑着，从一年级到五年级，从春天到秋天，从冬天到夏天。

学校西边一墙之隔有一个大水坑，三四个篮球场那么大，大水坑是怎么形成的，不是我关注的。我只关注里面有没有水，有多少水。夏天有水了，脱了衣服就下去，管它脏不脏，我从小对脏没有观念。

大水坑的形状不规则，深浅也不一样，靠近北边深一些，靠近南边浅一些。

一到夏天就下雨，一下雨就打雷，地面上的雨水在雷声中，卷着枯枝败叶哗哗地流着，带着响声。一场大雨后，水坑就灌满了土色的水。孩子们在里面蹚水,扑通扑通地笑着闹着,一百只鸭子一样,天空都是晃动的。这里面一定不会少了我,实际上我不会游泳,到现在也不会,尽管后来在游泳池里练过,仍没有学会。我主要在水坑练习扎猛子,憋气把头扎进水里,闭着眼双手在水下乱划拉,每次都能摸到别人的腿或者腰,不得不从水中站起来。抹一把脸上的水,看看自己不过是扎了三五米远,一副不服气的样子,再次抡动胳膊,深呼吸,做着扎猛子的准备。

在水坑里蹚水,常会扎了脚,扎得鲜血直流,就赶紧上岸。从书包里拿出作业本,刺啦,撕一张纸擦擦,再抓一把细土,摁上去,血在土里开出几个小红花之后,就不流了。水坑的底部并不平整,常会有炭渣、石子、砖头、瓦块,甚至玻璃碴子,一年扎个三回两回的脚,不叫啥。甚至觉得蹚水,怎么能一次也不被扎呢。

一年级时一天中午,我们几个小伙伴正在水里玩得不亦乐乎,上课的钟声,竟然没有一个人听见,等发现不妙时已经晚了,牛老师来了。牛老师背着手轻轻松松地拿走了我们的小短裤,好像那是几件没人要的衣服。我们赶紧爬上来,蹲在地上,从身上淌下来的水把地上湿了一大片。牛老师阴着脸不说话,拎着我们的衣服,让我们到学校去。我们想笑又不敢笑,就憋着,不时发出咔咔的声音。不得已,我们几个人光着屁股排着队去学校,一路推推搡搡,扭捏着。

幸好,水坑挨着学校,走上几十米就进了学校大门。我们低着头，把双手护在身前走路，觉得特不好意思，至于屁股露在外边，总比前身露在外边好吧。幸好那天一路无人，只有白晃晃的太阳肆无忌惮地照着我们。进大门右拐第一个门就是我们老师的办公室，办公室里有几个老师在说话，看到我们这几个湿乎乎的光屁股小孩进来，都哈哈大笑起来。有一个老师，教二年级的刘老师，走到我们面前一个个看我们。我赶紧转身面向墙，把屁股冲着他。这样他看见没看见我，我不知道，反正我看不到他了，我盯着白墙皮看，白墙皮脏兮兮的，有大片下雨时的屋漏痕。

　　过了十来分钟，在我们一个一个小声保证以后再也不下水了后，老师把短裤给了我们，我接过来，由于穿得太急，差点儿摔倒。穿上短裤，撒腿就跑走了，一口气跑到操场边的一棵大树下，靠在树上呼呼喘气，平静了一会儿。看见几只蚂蚁在爬树，引起我的注意，我拿起一个小木棍，把蚂蚁一个个挑下来。可这几只蚂蚁挺倔，挑下来了，又接着爬。我就再挑下来。这时候下课钟声响了，一群同学蜜蜂一样跑了出来，我抬起头，加入了同学们的队伍。

　　农村男孩子蹚水是常事，我们生产队在村东，有个烧蓝砖的窑，有三米多高吧，因为烧的时候砖坯要饮水，砖窑的南面就挖了一个水坑，灌满水，一米多深。我们几个人就爬到窑顶上，背对水，直接拍下去。啪的一声，后背击打在水面上，溅起的浪花四散。有时疼，有时不太疼，有时把后背拍红了，那怕啥，几个人排着队，一个一个来。

在外玩了水，到家免不了挨说，父亲说，来，我看看，就用手指甲在腿上划一道，没有印，就没事，要是出了白印，就会遭到一次臭骂。

第二天，依然去玩水。小孩子有一些毛病改不了，犹如现在的一些大人，一些毛病改不了一样。我们常玩一种憋水游戏，浇地的水井用泵把水从井里抽出来，先是抽到一个小池子里，再流到外边。刚抽到小池子里的水叫井拔凉水，就是说，水大约是四摄氏度，这在炎炎夏日，四摄氏度之水可想其凉了。我们两个人各在水池一个角里喊，一、二、三，一起沉到水里，只把头露在外边，互相看着对方，咬牙坚持，看看谁能坚持的时间长。那井拔凉水很快从内到外把我冰透，一点点体验被井拔凉水冰疼的感觉。实在坚持不了了，就忽一下子蹿出来，在太阳底下瑟瑟发抖，地上淌下一个人形的流水图。可能是我常常坚持太久了，太过用力了，被水冰透五脏，影响了我的智力发育，以致到今天，我已年过四十还一事无成，常在干一件事的时候，只要干时间久一点儿，那种生命的冰凉和惶恐、无助感就油然而生，使我不得不像水中的一条鱼一样跃上岸，大口吐出生活的泡泡来。

天 上 的 云

现在天上的云越来越少、越来越单调了，不像过去有着无穷的变化，有着无尽的想象。

躺在田野里，躺在机井房的房顶上，四周安静下来，一些细小的声音可以忽略不计。鸟从空中飞过，风吹动着云朵，我想了很多，有时啥也没想。一个农村孩子的视野就这么大，只能看到天空的云朵，除了云朵之外，我几乎看不清事物的复杂性。

西东的上空，云朵的变化常常与我的目光交缠着，一会儿是骏马奔腾，那马要飞起来一样，跑着，更多的马开始追。忽然成了羊群，散漫地在天空行走着，忽然又成了大河浪花，忽而一床一床的棉被在天空铺开来，忽而一条一条鱼从大海中跃出。这云的变化让我兴奋，也让我无奈，因为这变化不是随着我的心愿变化，而是我随着云的变化而想象。

云在天空变化着，大地上的人却在慢腾腾地走着，久久不变一个姿势。有人说朝霞不出门，晚霞行千里，这只是停留在谚语中，西东人不管那些。因为你根本无法出门去行千里，每天也就是到田地干活儿去，没有人会因为朝霞来了，就不去地里干活儿。往往相反，越是要下雨了越要到地里去，田地最缺的，最需要的恰恰就是水。一场雨来了，不仅对庄稼是一场浇灌，对农田是一场浇灌，对农人的身心也是一场浇灌。下雨了，田地里到处是冒雨干活儿的人。雨大了，农人会找一个背雨的地方，抽着烟，兴奋地谈论着这场雨能下多久，能不能抵上浇一水地，或浇半水地，墒情会保留多长时间。

也就是说，西东人并不天天注意天空的云，管它是啥样的，任云在天空无端地变幻着，行走着，只有闲人和小孩子才偶尔看看云朵的流动和变幻。西东人偶尔抬头，天突然黑下来，乌云压着风，在大地之上奔跑，一会儿就是电闪雷鸣，就是瓢泼大雨。

西东的大街上水自西向东流，出村口是一块上好的洼地，水携带着西东的垃圾一同灌了进去。

甜草根甜了

甜草根甜了。

这真是一个好季节，走，挖甜草根去。

甜草根就是甘草根，季节到了，挖甜草根是不用说的，到地里挖就是。甜草根主要长在土坡上，坟地上。

甜草根有一两尺长，白色，一节一节的，节处带一点儿毛刺，其貌不扬的样子。把露在地面的甜草缨子拔掉，扔在一边，抡起小镢头直接往下刨，三下五下之后，用手一薅，小树枝一样粗细的甜草根就薅了出来，这样不一会儿就薅一小把，然后一屁股坐在地坡上。拿起一根，急忙忙用手把上面的土擦擦，放进嘴里，大口嚼起来。一股白色的汁液从嘴角溢出，随手用手背一擦，继续嚼。一股甜味，让我感到了巨大的满足。

甜的东西、甜的味道具有天然的幸福感，对此，我深信不疑。

挖甜草根时，我们几个人都是自己挖自己的，自己吃自己的，我、小计、振发坐在土坡子上低头大嚼，吃一阵了，就停下来，比比谁薅得多。

我爹说，甜草根是中药，治感冒，治牙疼。爹是中医，爹的话我信。一次爹牙疼，命我去薅了一些甜草根来，爹把甜草根嚼烂了，敷在疼的牙处，过了一会儿，爹说，好多了。

甜草根嚼起来有股甜水，甚是好吃。每天放学后，去地里薅草的时候，必有一个固定节目，就是挖甜草根吃，算自己对自己的奖赏。

除了甜草根是甜的，还有一种叫猪耳朵的草，也是甜的。猪耳朵长在土坡上，但更多是长在坟头上，开蓝色的花，把花带着秆拔出来，吸溜秆中的水，要是吸不出就轻轻嚼，一股甜味，就在嘴里慢慢散开来。

甜味就是幸福的味道。小孩子爱吃糖就是爱吃糖的甜，可糖太少了，很少能吃上一块。那时的糖都是硬块的，放进嘴里，只能含着，一则太硬不好嚼，二则舍不得嚼，只含着。常常含一会儿就从嘴里拿出来，包进糖纸里，过一会儿忍不住了，再从糖纸中拿出来，含在口里，幸福的感觉让嘴都合不拢了。

我们经常干一件事，谁吃了一块糖，糖纸舍不得扔，找一土块包在糖纸里，见一个小孩过来了，就装作不经意的样子掉在地上，偷偷躲在一边观察。小孩走过来，突然发现地上有一块糖，高兴地捡起来，趁人不注意，剥开，刚要吃，突然发现不对劲，一看是一颗土块，扔掉，赶紧跑开。

我们哈哈大笑着，特别兴奋。当然我们也被别人捉弄过，因为突然发现一块糖，有时觉得是假的，但还是忍不住捡起来看看，糖的诱惑力太大了，常常令我们无法舍弃。

中国产糖少，这我们知道，不过不知道的是，那时我们的糖无偿支援给了越南、阿尔巴尼亚等。要是知道也不明白，为啥咱自己的糖都不够，还无偿支援给别人？就是几十年过去了，到了现在我也不理解这事，幸好，我是一个不求甚解的人，没把这事放在心上，没有为此事睡不着吃不香。

一些事，怎么想也没想明白，其实也挺好，挺好玩的。

一些事，想着想着就想明白了。也挺好，挺好玩的。

跳　　蚤

天黑时回到屋子里找东西，立即就有跳蚤往裸露的腿上碰撞，赶紧逃出屋。

天热，多穿短裤，穿长裤也挽起裤腿。一旦走进屋子里，处在饥饿中的跳蚤就冲着我的双腿过来了，撞得咚咚直响，弄得人心慌意乱。用手一划拉，就能抓住好几个跳蚤。

西东人睡土炕，是用土坯盘成，加之屋子的地面也是土的，生出许多跳蚤。偏偏这跳蚤的繁殖力又极强。

天黑了，在院子里吃饭，纳凉。困了，就上到房顶上睡觉。把被子抱到房上，铺开，兄弟几个一字排开躺在房顶上，仰面朝天。他们讲故事，我望着满天星星遐想。星星真多啊，上下左右，数也数不清。但我不是一个喜欢看天象的人，北斗七星在一干人的无数次教导下，勉强认出，剩下的就只知道启明星了。我对星星的名字不感兴趣，但对看星星本身有着极大的兴趣，我常常长时间看着星星，一声不吭，默默想一些不着四六的事。常有流星从空中划过，长长的光亮慢慢消失于夜空。

大人在屋里睡，就用敌敌畏洒在炕上、屋子里，浓浓的药味很呛人。

跳蚤这东西好在不嗡嗡叫，这一点比蚊子好些，嗡嗡的蚊子着实令人心烦。跳蚤咬的包也小些，不太痒，不像蚊子咬个大包，奇痒无比，好几天才能下去。跳蚤好打，往腿上一拍，啪一声，就能拍住一两个，不像蚊子，睡得迷迷糊糊，困得半死之时，还得起来打，打半天也打不住一个，干着急。刚躺下了，又跑耳边嗡嗡叫，好像是专门给人过不去的。

但跳蚤也有让人极讨厌的时候，生长在人的棉袄、棉裤里，在人的衣服里繁衍，并久久难以除掉。每每遇到这样的人，大家不免要小小笑话一番。但笑话归笑话，自己回家了，赶紧脱了衣服四处找，找到了，用指甲一扣，啪的一声，指甲留下一点点血迹。

于是，颇有点儿成就感的样子，不免悄悄得意扬扬一小会儿。

听收音机

我家一直没有收音机，即便到了后来，也没有。

小时候，家穷，所以从没想过要买一台。

可我喜欢听收音机，西东村的小孩都喜欢听，听收音机里讲评书。

说评书人的声音带着吸盘，我被牢牢吸住了。

第一次听，是常志的快板书《西游记》，多少年后有缘在一次活动上见到常志，但我觉得他不是我心目中的常志。他不太说话，与我想象的瘦高个、能言善讲的常志完全不一样，就没有过去打招呼。

当当当当，先是一顿节奏明快的快板，那快板打得荡气回肠，直到今天我也认为，常志是打快板最好的人。快板就是号令，快板一响，不管正在干啥，我都要停下来，开始进入听《西游记》的节奏。不过不是听收音机，而是听大队的大喇叭。每天中午一点，大队的喇叭会定时播放快板书《西游记》。我基本是在我家老院子里一块大石头上坐着听的，大多时候在吃饭,有时候正在地里玩,就赶紧往家走,一边走,一边听,脚步又轻又快。

那是1977年或者1978年吧,西东村的人家里还没有收音机。

后来,到刘兰芳说《岳飞传》时,立德家有了收音机,一个挺大的木匣子,西东人把收音机叫戏匣子。中午,我、小四、李平,就在立德家集合,郑重地把他家的收音机搬到院子里的石头桌上,大家或站,或坐板凳,或坐石头上,听刘兰芳的口吐莲花。事情往往就是这样,你越努力听,收音机就越不让你听清。听着听着收音机开始打雷一样咔吧咔吧响,之后是轰隆隆地响,声音时断时续。急得没法时,就轮番调收音机,来来回回转动调台的按钮,用手轻轻拍打收音机,各种方法统统用尽了,也不行。无比失望时。突然收音机就好了,又能听了,或者突然收音机彻底没音了。

没有音了,就再进行一轮修理,大多数时候经过几次折腾,还是能陆陆续续听完。后来就找到了窍门,收音机不响了,就用手轻轻拍拍,这个角度不行,就换个角度拍拍,你拍拍不行,就换我拍拍,还别说,一般时候都行了。

再后来,他家的收音机彻底不行了,我就转战到刘叔叔家去听,一起到刘叔叔家的还有我一个叫刘西东的同学。我们俩人几乎定点在刘叔叔家碰面,他是刘叔叔的邻居,我还得走一二百米。有时去早了,我就到刘西东家里玩会儿,到点再去。

主要听刘兰芳、袁阔成、单田芳的评书，有《岳飞传》《三国演义》《隋唐演义》《水浒传》等。小孩子喜欢听，大人也喜欢听，没事的时候经常讨论评书里的人和事，讨论得十分热闹，从小就学会了替古人担忧，却没有学会替自己担忧。

通向茅山的土路

通向茅山的路是一条土路，弯弯曲曲，时宽时窄，宽可两辆马车并行有余，窄处两个排子车不好错车。五里多地，要拐四个弯儿才能到达。那几乎是通向茅山唯一的一条土路，有六、七、八、九队的地。西边和杨村的田地挨着，东边和东东村的土地相邻。当然我这么说的时候，小计会和我抬杠，先到东东村，然后从东东村到茅山也可以，到杨村，然后再到茅山不行吗？

当然行，但那得绕道另一个村，这就和我说的这是通向茅山的路是一条土路不是一码事。如果去茅山绕道东东村或杨村，那一定是一个傻子。

其实，谁不是傻子呢？有时傻子也不愿意多走路。

村与村都是靠一条土路来联系，差不多都是唯一的一条。

村与村都是孤独的守望者，四周是或好或不好的庄稼地，一条路可以通向不同的庄稼地，形成一个又一个分岔。一棵树的枝杈一样或大或小，或高或低，枝杈上长满各种叶子，随四季变化而颜色不同。土路的分岔不过是长满了不同的庄稼，玉米、高粱、豆子、棉花、小麦等，通过小路走来不同的人，老的少的，男的女的，黑的白的，胖的瘦的，或者走来不同的狗、牛、驴。如果一头驴突然昂头大叫几声，则声震田野，田野就生动了起来。

土路，永远有一层薄土，风一起，尘土眯眼。人的头发上、衣服上、庄稼的叶子上土哄哄的、脏兮兮的。人的影子，映照在土路上，走着走着就消失了。但这层薄土，终年不去。或者土已经换了一层又一层，但外人看上去，还是一样的土。

外人对土路总是一无所知。

如果下雨，一层泥，无法下脚。无法下脚也得下，就噗嗤噗嗤地走在泥泞里。下地干活儿要拉着排子车，车轮就在泥里不情愿地滚动着，粘着一大块泥，使车轮变粗，变得不规则，一会儿掉下来一块，一会儿又粘上一块。

多少人从这条土路走过，又消失了。多少庄稼从这土路上被排子车运到场里，变成了货真价实的粮食，养活了一代又一代人。

我在白天、夜里、风里、雨里、太阳下，在玉米长得一人高时、小麦一脚高时、豆子一腿高时，无数次走在这条土路上。尤其是夜里，过人高的玉米黑压压地压着你，玉米叶子哗啦啦响着，感觉里面藏着一个又一个强盗，时时刻刻准备冲出来把你抓走，弄得我的头皮发麻。不由自主地就加快了步伐，越走越快，像冬天刮起的风，越来越急，自己收不住自己的脚步。

走这条土路去茅山，要转几个弯儿，有的是半月形的弯儿，有的近乎直角弯儿，走着走着，突然转一个弯儿，后面就看不见了。其实不过是转了一个弯儿而已，不像有的人走着走着真的不见了。

时间没有退路。

一条土路，送走了多少旧人，又迎来了多少新人，我说不清楚。不过这条通向茅山的土路，走着走着就分出一个小岔路。如果沿着一条曲折的小岔路走几百米，就是一片坟地，有坟头上百个，大的小的都有，西东叫杨家坟。我曾在那里薅过草，和小计在那里看过大大小小的石碑。

从这条土路走过的人，目的单一，去地里干活儿，偶尔去茅山，或通过茅山去县城。也就是说走在这条土路上的人，走的姿势都差不多，一直负重前行，后边的人，踩着前面人的脚印。

脚印一次次消失，又一次次显现。

土路上走着的人，眼里只有庄稼，心里只有粮食，走的脚步也就踏实。踏实得都有点儿笨拙，说起来，他们自己都感到十分失望。

好在他们自己习惯了这些。

土 坷 垃

小计跟我说：我娘说，我就是土坷垃的命。土坷垃是啥命？

我也不知道，但从字面看，就是贱命。但我没说，其实，我不说小计想的和我也差不多。

大人们常说的一句话就是：修理地球的。老师也说我们，不好好学习将来就是修理地球的命。

我的理解就是，搬土坷垃的命。

出现在我生活中的到处都是土坷垃，仿佛这个世界是由土或者土坷垃组成的。住的房子是土坯的，睡的炕是土坯的，玩的玩具除了树枝做成的，就与土有关。那时我们常常开仗，就用土坷垃互相投掷，远远地投。

我住在大街，是西东村最主要的一条街道，住的人也多，小伙伴最多。前街和后街，人就少多了。我们不是与后街的孩子们开仗就是和前街的孩子们开仗，本村人之间开仗只是个形式，并不能实打实开仗。西东村只有一个小学，大家都是同学，无非是不同年级而已。下学开完仗，第二天还得在一个学校混，低头不见抬头见，多少有点儿不好意思。我们这一群孩子主要与东边村开仗，东边村叫东东村。

一下学，拿一个窝头，往窝头的窝里倒一点儿熬好的油，再抓一把盐放进去，就出发了。一边走一边掰下来一块窝头，蘸一下油盐，放进嘴里，大口地嚼着。在老牛家房后的大榆树下集合，人来得差不多了，一个人说出发，大家就向东边的村外走去。过了砖窑再走几百米的大路，在高岗边停住脚步。如果东东村的人还没来，我们就散在地里先薅草，薅着薅着就会有人说，来了来了。我们立即停止薅草，围拢过来，站在高岗上一字排开。对方也是站在他们的高岗上一字排开，然后互相对骂，骂什么？其实就是高喊，喊什么？反正我始终没有听清过。大家都是做高喊的样子，喊得杀气冲天，荡气回肠。最后有人等不及了，就开始开仗，这是否有点儿效仿了古人的战争？

土坷垃，便是我们的武器，也是对方的武器。

我给了土坷垃一种力量，从我的手中起飞，在时间中飞。让一块土坷垃在田野上滚动，让一块土坷垃接受我的指令，起伏，跳跃，直线飞，扬起灰尘，落地成灰尘。

一会儿我们冲出去，攻出百米，一副得意扬扬的样子。突然不知怎么，又被对方反攻成功，我们败退百米，但我们会且退且战。

战争就是一场拉锯战，你进我退，我进你退。

然后，不知道谁说一声，撤吧。双方像商量好一样一哄而散，各自带上自己的草回家。

明天再战，那时候我们有的是时间。

有一天，我突然对我们的武器——一块土坷垃感了兴趣，禁不住研究了一番。一块土坷垃，成于土，败于土，但我无法彻底瓦解它。小的够小了，它依然是一块土坷垃，想把土坷垃弄成细土，是一件不可能完成的任务，再说也毫无必要。赤脚走在大小不一的土坷垃中，会有一种小小的快意。每每耕地种麦子的时候，许多大人小孩子都赤着脚。大脚小脚在土坷垃中行走，跋涉。脚和土坷垃进行着最紧密的交缠，脚淹没在土坷垃中，或者土坷垃被踢在一边。

一块土坷垃，大的够大了，它依然是一块土坷垃。在田野上，风吹雨淋，消解再生。这是一件多么有趣的事，一滴雨洒上去，就能变小的事物，却在天空下万世永存。不甜不咸的身体，生出了百味齐全的盛宴。

一块随风滚动的土坷垃，滚着滚着，远离了乡下，滚进了城里。城市楼房越来越多，水泥地越来越多，土坷垃消失了。或者说土坷垃在经过多年的修炼之后，自己主动消失了，变成一个水泥块，变成了一块空心砖，变成了自己也不认识的自己。一块与另一块，有时互相叠加，有时互相隔离。遇风，吹出尘埃一样的命运；遇水，又消解自己，把自己重新塑造。

如今，土坷垃成了一个孩子们不知道的事物，一个似乎不存在的事物。但我知道，土坷垃，这东西是存在的，只不过是以远离我们生活的一种方式存在而已。

想想，小计的命运真是土坷垃的命运，在二十岁之前与土坷垃为生，二十岁之后，遇水，消解了自己。成了一把细土，变成另一个自己。

自己呢？我想了半天，也没想明白。

玩　火

俗话说，玩火尿炕。

玩火为啥尿炕呢？我一直没闹明白，反正大人跟我说，不许玩火，玩火尿炕。尿炕是一件很丢人的事，所以不能玩火，可我有点儿控制不住自己。

凡是大人不许玩的事，我都有着无限的乐趣，真是奇怪。比如，玩火。几乎所有的孩子都超喜欢玩火，捡拾一些柴火，棒子皮、废纸，放到一个背风的地方。几个小孩围在一起，从衣服兜里拿一盒火柴，打开，从那些白白的火柴棍儿中间，从那些带着整齐的红帽子的火柴棍儿中间，伸手拿出一根。在火柴盒上，刺啦一声划下去，冒出一股火来，散发出一股硫黄味道来，然后点燃一堆小火。

大家看着忽大忽小的火，有着莫名的兴奋和快乐，像每个人分到了一块糖。纷纷向火里添加柴火，看火焰更加旺盛，脸上露出得意、幸福的笑容。

我对火有着天然的喜欢。不全是为了烤火，就是觉得好玩，就连小女孩也喜欢点火玩。

到了五六岁时，就学会了点火烧东西吃，最多的是烧山药、烧棒子、烧豆子，也烧过麦穗。烧山药、烧棒子一般在地里。到了地里找一个土坡，挖一个坑，然后挖几块山药，掰几个棒子，用火烧一会儿，就用灰把山药、棒子埋了，然后赶紧离开，或者玩，或者薅草。感觉时间差不多了，看看四下无人，就走过去，扒开灰，取出山药、棒子，一边用嘴呼呼地吹着上面的灰，一边吃起来。烧豆子，就找一个背风无人的地方，捡来柴火，拔几株豆子。一般豆子还在豆秸上，连着豆秸一起点了，听豆子在火里噼啪乱跳，不一会儿就冒出了香味。耐心扒开豆荚，放进嘴里，又烫又香，大家吸溜吸溜地吸着气，嘎嘣嘎嘣嚼着豆子，满嘴流香。

其实最喜欢烧的是麦穗，麦子的籽粒刚满时，从麦秆上揪几把麦穗，点一把火就够了，也不用挖坑。烧好后，用手揉，三下两下就有一把麦粒出来，鼓嘴呼呼吹去麦皮、麦芒。这时候的麦粒是绿色的，发着清香，没有人能忍得住不放进嘴里。所谓麦香，这时候达到了顶点，绵软、悠长、持久。

吃一把，再吃一把。

冬天到地里，捡拾一些干草，柴火点着了，伸出手烤着，转过身烤着，前胸后背屁股胳膊腿烤着，嘻嘻哈哈笑着。没啥可玩的，就烤火玩，让自己暖一点儿，让自己舒坦一些。

就是喜欢火，哪怕是有一点儿火星，都喜欢。比如放鞭炮，其实七八岁的小孩子是不敢放炮的，西东把二踢脚叫炮，偶尔有胆大的去点炮，把炮立在地上，用火柴点着一根香，蹲下来，把胳膊伸出去，远远地用香点炮捻。由于害怕，点几次也不着，越点不着，越想点，越害怕，越感觉刺激。等点着了，看着炮嘭的一声响，冲天而起，那兴奋度立马爆了。仰起头看着炮飞起，又哗啦一声落在远处。

更多的时候，我只是放点儿小鞭。小鞭放在石头上用香火点，啪的一声响。胆大的直接在手里拿着点，点着再扔出去，让小鞭的响声在空中画出一条弧线。但也有特别胆大的，比如小计，敢在手心点了不扔，还敢在鼻子孔里点，啪的一声响，炸得鼻子生疼，结果小鞭筒钻进鼻子里，抠不出来了，吓得小计哇哇大哭。

小计奶奶发现了，拿一个毛衣针把小鞭筒挖了出来，好在是那种特小的小鞭。

小计爹把小计一顿好打。

还有一种小摔炮和小砸炮，小摔炮就是往地上用力一摔，啪，响一声。小砸炮就得用砖头、小石头去砸，一砸，啪，就响一声。小摔炮和小砸炮一个人玩，没意思，显得孤单。要是两三个人，你摔一个，我马上砸一个，大家就有了比赛的意思了，呼啦围过来几个人，当然都是小孩，大人对此不屑一顾，有鼓掌的，有批评不够响的，有不服气的。

每当过年的时候，大人买了鞭，我就从上面拆一小把，偷偷放到衣兜里，跑出去和小伙伴点着玩。要是有个别的小鞭没捻了，就从中间掰折，露出黑药来。放在石头上，划一根火柴点了，发出轰的一声，冒出一股火，然后是一股青烟升起，有点儿微微呛鼻子，但我喜欢这种味道。不像现在，常常一挂几百响的鞭，直接点了，噼里啪啦的，一会儿就放完了，然后，总有许多没有点着的小鞭，躺在地上，没人看一眼，多可惜啊。

到了晚上，大街上、巷子里没有电灯照亮，就找了响过后的炮筒，在一头用蜡烛涂抹上蜡油，点着了当灯笼，举着，满世界跑。

天特别黑，黑到伸手不见五指，黑到一米之外，看不到人。晚上特别静，除了一两声狗叫，就再也听不见别的声音了。

当然，如果有星星的时候，星星就特别亮，星星就特别多，满天都是。大的小的远的近的星星，眨着眼睛，让人看着数也数不清。星星少的夜晚，月亮就变亮了，亮到可以在月下干活儿，洗衣服，甚至看书，当然主要是看小儿书。

那时，我喜欢看小儿书。

王　小　计

王小计是我小学同桌，也是我邻居，二十岁那年死于骨癌。

我一般喊小计，小计从小学三年级开始抽烟，抽那种呛人的旱烟。常常把烟丝直接装在衣服兜里，抽时，从作业本上用过的地方，刺啦撕一张纸，从衣兜捏一撮烟丝，轻轻放在纸上，用手一卷，用舌尖舔一下纸粘住口，拿出火柴点上。小计抽烟一般在放学后，有时也在下课后到操场角落里。我们学校的操场延伸出一块半亩大的一个角落，有几棵树，树下是荒草，有一条沟，那个地方一般人不去，那里是我们的地盘。

从上学那天起，小计就和我是同桌，我长得黑，他比我还黑，还矮，头发永远像鸡窝一样乱糟糟的，爱吸溜鼻子，没事就吸溜一下，每次都不放空。小计学习不好，常常抄我的作业。我学习一般，他抄得又马虎，这样他就老抄错。我有时欺负他，就在课间的教室里，悄悄从他衣兜拿出一些烟丝，然后放在他的头上或后背上，惹得同学们哈哈大笑。

小计就红了脸，小声说干啥，干啥，引得同学的笑声更大。说来奇怪，同学都知道小计抽烟，可是老师从来没有说过，难道老师都不知道吗？不过，这个问题，当时我们都没有想过。我们都是一帮二货小孩，哪会想这些。

小计生性软弱，不善于和别人吵架，却爱捅马蜂窝。我们教室前有一棵大槐树，树有两三丈高，枝繁叶茂的，我们常在树荫下玩耍。一次树上筑了一个马蜂窝，小计拿着一个木棍，三下两下爬了上去，用棍子捅了一下马蜂窝，可能用的劲小，没啥反应，就又爬了一步，用棍使劲捅了一下马蜂窝。

嗡的一声，马蜂四散飞出，小计赶紧从树上下来，可是晚了，已经有好几只马蜂攻击小计。等小计从树上下来时，头上、腿上、脸上等都被蜇了。小计趴在地上放声大哭，大家四散跑开。等过了一会儿，看马蜂飞了，大家纷纷聚拢过来。小计脸上已经肿了，眼睛也睁不开了，成了一条细缝。我和另一个同学帮着他，挤出马蜂的针和毒。

老师一看，得，课是不能上了，就派我和小中把小计送回家。一路上，我和小中互相挤着眼，嘻嘻哈哈，小计盲人一样被我们拉着走。

小计真是个倒霉孩子。

一次，不知道什么原因，或者说我忘了是什么事，老师让小计站在讲台上，在头上顶一本书，然后让全班同学，一起用手指指着小计发出咦咦的声音，以此来羞辱小计。没想到，小计非但没有感到羞辱，还露出不在乎的笑意。老师大怒，就让全班所有同学到讲台上打小计，每人扇一巴掌、踢一脚、拧一下都可以，反正得打一下。从第一排开始，不管男女生，全班轮流着，像投票一样，一排下来了，第二排上去，第三排再站起来。

许多人真打，我看见他们有往头上打的，有往身上打的，有的轻、有的重。

这下小计再也不笑了，傻子一样在讲台上站着，眼里含着泪。轮到我在的第四排上去时，我没有打小计，怎么说也是我的同桌，我的小兄弟凭什么老师让我打我就打，相反，我冲小计笑了笑。

那时真是奇怪，为啥老师让全班同学打一个同学呢？莫名其妙。

小学毕业后，我继续求学，小计不再上学，开始在家干活儿。我回西东见到小计的时候，他正和他哥两人开一辆拖拉机跑运输，拉砖、拉玉米、拉土，啥都拉。小计长高了，也壮了，依然乱蓬蓬的头发，脏兮兮的衣裳。

有一年，遇见小计，他自己开一辆拖拉机跑运输，忙忙碌碌的样子，我问怎么样？他说还可以，咱有的是力气，辛苦点儿，有钱挣，怕啥，说着开着拖拉机一溜烟跑了。

再后来，我在石家庄上学，暑假回家，看见小计在大街的树荫下坐着，安安静静的样子，不说话，见到我也不说话。从精神上也看不出啥，只是比以前瘦了，头发依然的乱，闲聊几句，我就匆匆回家。

等寒假回来时，振发告诉我，小计死了，骨癌。

那年小计二十岁，此生没有过女朋友。

此生，他除了抽烟外，就是干活儿，干活儿，直到年纪轻轻的死了。

我家的狗

我家养过多只狗，西东有狗的人家居多。

一出门,狗成群,一个小孩带一只狗,乌泱泱的,甚是热闹。狗的作用主要是玩伴,我就常把一只鞋脱下来,扔一边,甚至藏起来,然后,把狗喊来。一只黑狗摇着尾巴,我手一指,狗箭一样蹿出去,叼着我的鞋送过来。

我不厌其烦地扔,狗不厌其烦地找回来。

狗,大多是土狗,狗多了,免不了打架。开始两只,打着打着就又来一只,后来就是群架,狗主人看不下去,上去一顿乱踢,被踢了的狗,叫着,不情愿地散开。

我在看晒在院里的玉米时,让狗帮着看。我坐一个板凳,在树荫下看小人儿书,把狗叫过来,狗在身边,张着嘴,吐着舌头,呼呼地喘着气。

一旦有麻雀或鸡来吃玉米,不用我说,狗知道自己的任务,一个箭步就蹿过去,把它们轰走,还对着它们汪汪叫几声,好像是嫌弃它们不懂事,偷吃玉米。

完了,狗继续蹲在我的身边。

都说狗拿耗子是多管闲事,但我家的狗真的抓过耗子。一次,一只耗子从墙根下悄悄走来,被狗发现,狗悄悄走过去,突然一个飞扑,用爪子摁住了耗子,一只耗子就此丧命。

也奇怪,我家前后十多年中养过四五只狗,都是黑色中带一点儿黄色,像一只狗一样,有时我都怀疑是一个家族的狗,但这显然不可能。

后来,我上学离开家,回来发现家里换了一只狗,还是黑的，猛一看与过去那只狗没有啥区别，就是个头小一点点。谁来我家狗都咬，那种呜呜地咬，不是空放几声咬的声音，做做样子。

一狗吠，众狗吠。但我家的狗从来不管别的狗是不是吠，它该吠吠，不该吠则不吠。也就是说，这是一只独立的不屑于从众的狗，有着自己的独立原则。

说来也是奇怪，我第一次见那狗时，那狗竟然知道我是它的主人，对我摇尾巴，亲切的样子。这只狗对食物有着强大的喜好，下午，我们在屋子里包饺子，或许是香味过于浓烈，狗太想去吃一口，或者看看也好。拴在窗户下的狗，站起来爬到窗台上，狗忽视了窗上有玻璃，咔嚓一声，狗头生生把玻璃撞了一个洞。知道犯了错误的狗，赶紧趴下，一动不动。

我过去看看，哈哈地笑着，好硬的狗头，没有踢它。

我家的狗，差不多有一米高，狗的气力大，冬天牵着狗去麦地里遛。狗老是被拴着，突然放开了大为激动，拉着我就跑，疯狂地跳着跑，不时对着空空的田野叫几声。

我跟着狗跑，大步小步，其实狗知道我跑不过他，所以跑几步就停一下等等我。我也彻底被狗的兴奋所感染，我牵着狗，在冬天无人的田野跑着，呼呼喘着气。

狗这东西对主人极为热情，不停地在我前后左右转着，生气了踢它一脚，它跑远几步，就回头看着你。你一叫，它马上回来，小心翼翼，但毫不犹豫。回来了你再踢它一脚，它跑走几步，再回头看着你，你一叫，它又马上回来。狗忠诚得极为可怕，不怕打，不怕饿，不怕冷，这一点人赶不上狗。狗不嫌家贫的典故大约与此有关。

生在西东的狗，吃不好，喝不好，大冬天常常连一个狗窝都没有，别说吃狗粮了，有一口剩饭吃就不错了。其实想想，一只狗的生活总不能过得比人好吧。

在人都吃不饱的日子里，一只狗想吃饱吃好，简直是痴心妄想，狗不干这傻事，那让主人笑话，也让同伴看来不知天高地厚。

狗有自己的定位，干自己的事，让别的狗去说吧。

但西东的人没有定位，好吃狗，这习惯已经多年，一只狗，跑着跑着，没招惹谁，就会被人吃掉。

狗斗不过人。

我听见了玉米生长的声音

秋天的一个晚上，我和大哥给玉米地浇水。

我蹲在无数的、半人高的玉米中间，天空寂寞，大地寂静。玉米叶子发出的甜味和水流的土腥味融合着又分离着，地上的一些草毛茸茸的，湿润着。

时而身前，时而身后，发出咔吧咔吧的声音，是玉米成长的拔节声。细细的声音，在我的身体四周响着。

咔吧、咔吧、咔吧、咔吧。

噢，玉米生长的声音如此细腻、欢腾。

耳侧的一棵玉米独自发出咔吧、咔吧的成长声，左边一棵玉米和右边的一棵玉米，在相望中发出咔吧、咔吧的成长声，这一大片玉米在夜晚的守护中，发出咔吧、咔吧的成长声。

寂静着，生动着。

我看看前面弯腰用铁锹挖土的大哥，他端起一铁锹土，哗啦倒在一个流水的小坑边，就改变了一股水流动的方向。看起来，他弯下腰和我一样高。我看看自己，虽然有点儿瘦弱，但也有着无穷的力气，突然想，自己是不是也在夜里睡觉时，像一棵玉米一样发出咔吧、咔吧的成长声。

哥哥说，晚上睡觉老是饿的人，这饿就是长劲、长个头呢，长个头要营养，把吃的东西消耗完了，所以才饿。想想也是，要是干活儿累了，大人常说，小孩子睡一觉，醒了就又有劲了。小孩子的劲用不完，用了会再长，用得越多长得越快。

那时老是饿，一天多半时间处在饥饿中。村里大人常说一句俗话"半大小子吃死老子"，就是说半大小子吃得多，吃不够。每天一放学，我到家第一件事是直接到厨房里拿一个窝头向外走，大口嚼着。

每天往嘴里填着各种粗糙的食物，这样身体开始噌噌地长，去年的裤子，今年再穿，成了后来被叫作七分裤的裤子，在腿上晃荡着。大人实在看不过眼了，就随便找一块什么布接到裤子下边，新接出的那一截总是特别抢眼，使裤子有了上下两种颜色。

一群又一群穿着两种颜色裤子的黑瘦孩子们，在大街小巷，在墙头房顶，在田野里飞跑着，像一个个追风少年，欢叫着，追赶风和时光。

五保户老翟

我知道五保户老翟的时候，他大约有七十岁，瘦，背有点儿驼。多年后和振发聊天，突然想起老翟的时候，振发说，早死了。啥时死的？振发也不知道。

是的，一个五保户，在西东村是没人注意的。就像一场雨，下了，干了，然后没有存在过一样，不会被人一遍遍记起。

五保户就是无伴无儿无女，甚至家族中没有特别近的人，岁数大了，只好大队养起来。老翟姓翟，西东除了老翟，没有人再姓翟了。

老翟住在大队的油坊，那里房子多，他自己一个人住两间房，比我家宽敞多了。老翟每天在油坊的大院里活动，冬天晒太阳，夏天坐树荫。他的左边是民兵住的地方，右边就是油坊。

老翟的房间我去过一次，没有炕，一个角落铺着一些干草，上面是看不清颜色的被子。屋里吊着一盏电灯，西东村刚有电灯，就给老翟用上了。老翟抽烟，用烟袋锅抽，一次老翟的火柴用完了，想抽烟，就把烟袋锅对着电灯抽，吧嗒吧嗒，吧嗒吧嗒，老翟怎么也抽不着。老翟把烟袋锅举在眼前看看，没啥问题啊，对着电灯，吧嗒吧嗒再抽，还是抽不着。这下，老翟火了，这是啥灯啊，举起烟袋锅用力敲了一下，灯泡碎了。

屋子彻底黑了下来。

老翟自己做饭，一次老翟炒菜，锅里呼的一声，油着火了，老翟赶紧趴下用嘴吹，呼呼，怎么也吹不灭，怎么办？一着急，老翟端起小锅就往院子里跑，在院里转着跑圈。锅里的油呼呼地着火。

一个老头端着锅在大院里跑啊跑啊，谁知道火不仅没小，反而更大了，当时我来油坊挑水，正在排队。一起看见的还有五六个人，一开始大家都在笑，有一个胖女人跑过去，拿出老翟的锅盖，一盖，火灭了。

我也笑，其实，我也不知道该怎么办。

之前，我更小的时候，有一次，我和先中在家偷偷烙饼，烙饼得支锅，烧火。不知怎的火跑到外边了，厦子里有干草，一下着火了，我们俩人手忙脚乱，用脚踩，用砖头砸，才把火弄灭。

火是弄灭了，饼却不敢烙了，可是面已经和了，怎办?先中出了一个主意说:咱把面一点点弄碎,再倒进面缸里。我一想,也对,只能这样了。

我俩把和好的面,一点点弄碎,倒进面缸里,一看全是小疙瘩,就用下边的面把这些疙瘩盖住。

过了一天,事情败露,娘拿着擀面杖审问,我一看不行就招了。那次没有挨打,只是挨了娘一顿骂。

戏　台　子

油坊里有一个戏台子。

戏台子中间用来唱戏，两边一溜各三间耳房，房子没有窗户，进门就得开灯。地面是厚厚的浮土，让人无法下脚。不知道谁在上面铺一张大铁板，每天走在上面，咚咚直响，有点儿像唱戏时的锣鼓声。

有了戏台就唱戏，每年一场大戏，多在正月里。戏班子来了，就是西东最热闹的时候。听戏各有目的，卖瓜子的推着小车早早就到了，也不喊，就在那里一站，自有大人小孩过来，你抓一把，我抓一把，买卖就算开张了。

小孩子听不懂戏，觉得无趣，就跑来跑去，你抓我，我抓你，呼喊、打闹，等跑烦了，就各自散去。大人们张着嘴、瞪着眼，有滋有味地听着戏。各村来的男青年则是走来走去、挤来挤去，看哪里有女青年，就过去说话、搭讪。

唱戏的有男有女，有老有少的，白天的时候不唱戏，唱戏的女子就在油坊里纳鞋底，做一些针头线脑的活儿。村里的男青年就借口担水，过来和那些唱戏的说笑，遇到有村里的中年妇女从此经过，就免不了在背后说些谁谁家的小子净往唱戏的那里跑之类的闲话。也有年轻女子往戏台这里跑的，但都是结伴而行，来了，就看人家如何排练，看着看着，就和一个小生对上眼了，然后就出事了。等剧团的人走时，就跟着剧团的人悄悄走了。父母知道后，就找到剧团，后经人说和，也就认了，让孩子跟着剧团学唱戏，后来和那个小生结了婚，也算圆满。

但那毕竟是少数，被人说一阵闲话，大家就慢慢淡忘了。

不唱戏的日子，我多次到舞台玩，戏台一米来高，正面是一块大空地，戏台后面是一面墙，越过墙就是人来人往的大街。戏台两边的耳房平日锁着门，从门缝里看过去，屋里空荡荡的，戏台上也空荡荡的，主角、配角、打鼓的、敲锣的、拉二胡的，都已散去，连看戏的老头老太太、小孩子也都不见了踪影。

后来，油坊不榨油了，成了酱油醋厂，但西东依然叫那里油坊。来了两个外地人，一个中年人、一个十五六岁的小孩，是叔侄俩，就住在戏台的耳房里。

我常过去看他们做酱油醋，慢慢就熟了，常常去那里看电视。那时电视多起来了，用一个杆子绑着一个铝线做的天线。看着看着，电视就看不清了，就得有人出去，把杆子转动一下，换一个角度。常常是叔叔在屋子里喊，去，把杆子转转。一会儿，又喊，把杆子再转转，我或者他的侄子就跑出去转杆子。

每一个电视节目里演绎着不同的人生，这样的或那样的，比唱的戏好看多了、丰富多了。我们看到的，是别人安排好的人生故事，这一点上，唱戏和电视演得差不多。

后来，戏台子不知道是啥时拆了，成了一片空地，凌乱地放着几块大石头。

瞎子二小

邻居二小，是个盲人，没有名字，或者说我不知道他的名字。一个多年的老邻居都不知道他的名字，估计他的名字村里知道的就不多了。

他排行老二，所有的人都喊他二小，这名不奇怪，我们村叫王二、二小、小三、小四、小五、小六、小七、小八、小九、老十、二狗、三狗、四狗、狗小、狗剩、狗蛋、狗妮等这样名字有许多人。

他们有的还有大名，有的小名就是大名，不管岁数大的小的，都这么喊。几十年下来了，喊的人，听的人，周围的人都习惯了。对了，叫狗妮的是个老年男人，我知道他的时候，他已经六十多岁了，一个老光棍儿。

二小是个瞎子，天生的，一生未婚。也就是说二小没有看见过这个世界到底是什么样的。所以二小的世界就是他自己的世界。他的世界是什么样，我们不知道，我七八岁的时候,他二十多岁。有一次我问他,二小,你知道这天是啥样的吗?他说,怎么不知道,你说是啥样的就是啥样的。

二小从小学会了拉二胡,除了拉二胡外,我见过二小挑水,而且感觉二小一直在挑水,他的两个水桶里饲养着水,像两条鱼,在河里生息。

西东村没有自来水管,用辘轳把水桶绞上来。这对于一个青壮年来说也不是啥难事,但对一个盲人来说,确实有点儿难。二小挑着一个扁担,一前一后两个水桶,从家里出来,从背后看,没人看出二小是个盲人,他按照自己平时走的路线到油坊去担水,需要转三个弯儿,走四百米的路。他算好了步伐,一步一步走着,到了井台,伸手抓住辘轳把,挂上桶,把桶系进井里。那时的水井不像现在这么一二百米深,那时也就二十米左右吧。

我一直在想,二小把水桶放进井里,对于二小来说,是不是就是把生活放在井里,就是一步向前,一步向下。

二小没有想过这些,他吱吱呀呀把水桶绞上来,用扁担挑了,一步一步原路转三个弯儿,回到家里。看得人心惊胆战,但这活儿对二小来说,已经稀松平常了。要说出过事,也真出过事,不过我没看到过,是哥给我说的。哥说,他一次去挑水,前面是二小,二小那天不知道什么原因,去抓辘轳把时,走过了,扑通一声,直接走到了井里,垂直进入生活的深渊。

那里是井水,也是时间之水吧,多少年后我想。

离他不远有好几个人看见了，赶紧喊人，然后用辘轳把一个人系到井下，用绳子把二小绑了，绞上来。井水不深，二小只是受点儿皮外伤，没啥大事。

过后，我以为二小不会再挑水了。没想到过了几天，二小又开始挑水了，不过再也没有发生过什么事故。

什么能打断一个盲人的生活呢？生活本身不能。

二小脾气好，每天笑眯眯的。断不了有人给二小开个玩笑，二小都能一一化解。二小二胡拉得好，天生有乐感，据说二小学拉二胡，一学就会。每每演出时拉得甚是投入，尽管那时我听不懂，但也觉得好听。

二小在拉二胡上投入巨大心血，拉二胡是他的立命之本。先是常年给说评书的搭伙，后来他主要参与红白喜事的响器班子的"当事"。

四邻八乡有红白喜事的，一般都是喜事或请洋鼓洋号或请响器班子，二者选其一，选的人家基本持平。白事就是请响器班子。在过事人家的门口，放两张桌子，摆上酒菜，响器班子就进入状态。

稍大一点儿了，我多次去听他拉二胡，见过他抽烟，他不像我们那样一支烟慢慢抽，而是点着了，用力深深地抽，一支烟，三口就抽完了。他喝酒也是如此，呼啦倒一茶碗酒，三两，他端起来不放，三口喝干。喝完，把茶杯一放，就抚摸自己的二胡。

前几天回老家，遇见二小，明显见老了。我喊了一声，二小去哪啊？二小说，没事走走。知道我是谁吗？我喊。二小停下脚步，面对着我，笑了笑。不说话。我说出了自己的名字。二小笑了，你啊，啥时回来的。我说刚刚回来。

我说，二小，我拉着你走吧。

二小说，不用，一辈子了，早就习惯了，自己走。说完，迈着大步向前走去，拐过一个弯儿，不见了。

哑　巴

　　快走快走，哑巴来了，新华说。我和王二撒腿就跑，新华也跟在我们后面跑。跑出几十米，回头看看，哪里有哑巴。我们停下来，心脏突突地跳着，四下看看，黑漆漆的。

　　哑巴是五队的，据说晚上了就出来打人。其实我没有见过哑巴打人，但大家都这么说，我就信了。不过，白天我见过哑巴，挺老实一个人，见了谁都笑笑，要是跟他打招呼，他就啊啊啊比画着。我听不懂哑巴说的啥，但觉得好玩。

　　哑巴差不多三十岁吧，身体强壮，戴一个军帽，脏兮兮的。平时和其他人一样，上工干活儿。有人说，天一黑，就独自出来在村里村外乱走乱逛。所以天一黑，哑巴家附近，我就不敢去，其他小孩也不敢去。

　　有一年，哑巴去拉煤，那时，每家每户都要去拉煤，不拉，冬天烧啥？一般到邢台西边的煤矿去拉，要走一百多里。

　　哑巴拉着排子车和几个人一起上路了，买煤的时候，不知为啥，和煤矿的人发生了争吵，煤矿几个人就把哑巴打了一顿。开始哑巴只是比画着,发出啊啊啊的声音。后来,有一个人要抢走哑巴的干粮,哑巴就不比画了。一个人跑了,跑到装煤的地方,拿了一把铁锨,一步一步走来,走几步,把铁锨咣当往地上拍一下。

哑巴目不斜视,直直地向那几个人走来,刚才推打哑巴的几个小伙子,一哄而散。哑巴继续追着,吓得一个小伙子直接爬上了高山一样的煤堆,从此以后,西东人知道,这哑巴厉害着呢。

后来,哑巴死于一场大雪中,据说是病死的,不到四十。哑巴没有结婚,父母已经去世,他哥哥把他悄悄安葬在茅山的山坡上。

西东还有一个哑巴,女的。严格来说,是邻村嫁过来的,是刘三用一头小毛驴换来的。刘三家穷,长得矮壮,头大、手大、脚大,走路咚咚响。永远不先说话,你跟他打招呼,他也只是啊一声,没有第二句话。女哑巴倒是长得不赖,苗条白净、腰肢软。女哑巴不怎么出门,顶多在巷子里走走,更多的时候,能闻见女哑巴炒菜的香味,那种钻鼻子的香,伴着铲子在锅里嚓啦嚓啦的翻动声和哑巴啊啊的声音,接着就是刘三咚咚的脚步声。那时已经包产到户,地里那点儿活儿,刘三一个人就干了,刘三舍不得哑巴媳妇去干。

一次看见女哑巴洗头,一个白色脸盆放在地上,女哑巴在阳光下弯腰洗头,手里拿一小把洗衣粉作洗头膏,在头上揉着，刘三拿一只水瓢冲洗，一边冲洗一边伸出一个粗大的手，帮着女哑巴揉。水从刘三的水瓢里细细淌下来，在阳光下，竟然有了五彩的光，光一飘一飘的。刘三嘻嘻地笑着，女哑巴不时啊啊叫几声。

后来女哑巴生下一男一女，日子过得倒也安稳。

养 兔 子

兔子是直肠子，一边吃一边拉。想想也是，对于兔子来说。世界不过是一个通道而已。

养兔子就要每天割草，割大量新鲜的草，这事有点儿烦人。可养兔子有一个最大的好处，就是可以卖钱，这一点就抵消了所有的麻烦。

几乎每个小伙伴家里都养兔子，在院里挖一个兔子窝，一米多深，上面用一个木盖盖住。每天下学后，先看看兔子还在，就背一个筐去地里割草。喂兔子的草与喂猪的草不一样，草不能有根，要鲜嫩，兔子比猪挑剔。但我更愿意给兔子割草，因为卖了兔子的钱基本上大人不没收，这样，除了交学费，自己能有点儿零花钱，这就增添了动力。

我和振发每天背着筐、拿着镰刀到很远的地里割草。振发比我矮，割草的速度比我慢，每天割的草就没有我多，这是我除了学习之外，能比过振发的一件事。

如果不幸有兔子死了，就把兔子挂在树上，剥下兔子的皮，往里面填充些干草，晾干了卖钱。兔子肉是美味，娘会放一些萝卜，一起炖了。吃的时候，最担心有外人来，外人来了，让不让，双方都尴尬。

兔子长得极快，不停地喂，它就不停地吃，不停地长。过几天我就拎着兔子的耳朵称一称，把兔子放到院里跑一跑，在后面追着兔子，兔子跑得快，一急就双腿跳。家兔跑得再快，也没我们跑得快，但野兔就比人跑得快，在田里遇见一只野兔，我们就去追，几个人一起追也追不上，但家兔不行，跑不出我们的手心。

兔子有一双红眼睛，在黑夜里一边吃，一边观察世界，尽管它的世界特别小，但兔子保持了足够的警惕。兔子的耳朵特别长，躲在自己的窝里，听这个世界上的动静，它能听到啥？我整天在外疯跑，还听不到世界的啥动静。

在学校的时候，同学们经常在一起讨论自己的白兔子黑兔子灰兔子。后来有人养一种长毛兔，兔子毛可以卖钱，听说挺贵的，可惜，马上要上中学了，我就没有养。

养兔子最担心的一件事，不是怕它死，它轻易不会死，是怕丢了。兔子怎会丢呢，一米多深的兔子窝，兔子又蹿不上来。可丢兔子几乎是一件常事，振发家就丢过，一丢就丢了三只。

一天早上，天还不太亮，振发和他爹正在屋子里睡觉，突然觉得院子里有动静，就喊了一声，振发和爹赶紧起来，开屋门去看个究竟。从里面一拉门栓,发现门打不开了。

屋门被人从外边用树棍别住了钌铞儿,这时候,听见两个人从他家院里腾腾腾跑走了。等好不容易打开门了,一看,三只大兔子被人偷走了。

气得振发娘站在房顶上一连骂了三天街,指天指地骂,祖宗三代地骂。气是出了,可是兔子却没能找回来,从此振发也不养兔子了。

养　猪

西东村,家家养猪,家家有一个猪圈,猪圈用来养猪和积肥。

一年养一头猪,卖了,是一年的零花钱,孩子的学费。除此,许多人家再也没有挣钱的地方。生产队挣工分,一天工分一毛五。父母挣工分,后来姐姐小学三年级辍学带我们兄弟几个,十六岁下地和大人一起挣工分,不过是挣半个工。一年下来,生产队要分粮食了,一算账,还要向生产队交几十块钱,钱从哪里来?分的粮食又不够吃。养几只鸡下蛋,只够买盐买煤油点灯的。只能养猪,养猪是我们唯一的挣钱之路。

西东养猪有两种,一种是猪长到了一定时候,骟了,养大卖钱。另一种是养母猪,西东叫老海猪,下猪崽儿,卖猪崽儿挣钱。大部分人家是第一种，简单，省事，但挣钱相对少些。我家养过老海猪，靠它下的猪崽儿卖钱，供养我们兄弟几个上学。但老海猪有一个问题，就是吃得多，那时缺猪饲料，除了喂刷锅水以外，在有青草的时候，就要靠一些青草来补充。这时候，西东村所有孩子主要的事就是薅草喂猪。把带着露珠的青草，一筐一筐从地里源源不断弄到猪圈，送到一头头大大小小猪的身边，看着猪哼哼唧唧地吃草。另外老海猪有一个发情期，西东人叫反圈，就是在猪圈待不住了，要跑出去寻找爱情。那时候的猪圈都不高，一般一米左右，平时猪在里面老老实实的，一旦到反圈时，乱蹿乱跳，常常跳出猪圈跑了。

寻找爱情的猪和人一样是关不住的。

一次，我们家养的猪就跑了，幸好被我发现，赶紧追。在地里追上了。可赶不回来，猪不听话时，一个人还真没办法。让它停，它偏走，让它拐弯，它偏偏直着向前走。骂它，它听不懂，用脚踢它，它跑得更快了，却不是我要求的方向。这时，我三弟也来了，带着我家的狗。我家的狗是一条黑狗，个头大，是那种厉害又懂事的狗。我一看有办法了，立即指挥狗去抓猪，狗得到我的命令，冲上去，一口叼住猪的耳朵，向家的方向拉扯。开始猪还不从，还想与狗斗法，可是狗不松口用力拉猪，一番博弈之后，猪就只好半推半就被狗牵引着向家的方向走。我和三弟在后面跟着，路上遇见几个小孩子，就好奇跟着我们一起回家。一路跑前跑后，嘻嘻哈哈说笑着。

还有一次，是一年正月的一天早起，突然父亲喊我们起来，说快，猪不见了。顾不上吃饭，我们一家人就分头去找猪。我往西走，大哥向北，父亲向南，姐姐向东。一上午我把西边半个村找遍了也没有找到，就继续向西，向外走，一路找过杨村，找到染后。在染后和大哥相遇，我们一起找遍了染后，没有找到，只好回家看看情况。到家的时候已是下午，刚好，父亲说找到猪了。在西东村一户人家的山药窖里。原来父亲找到了茅山，无奈无功而返，回到家里。在家里转了两圈，又在村里转圈找，偶然从一家院子经过时，突然发现他家的山药窖里似乎有情况，细看，呀，一头猪，正是我家的猪。

一只掉在山药窖里的猪，竟然没有受伤。再次回到自己的圈里，接受一个叫王老五的人赶着的公猪来配种，然后，在众目睽睽之下完成交配，在猪圈安静地完成怀孕、生子。

老母猪不知道，自己的一切价值就是生崽儿，被人卖掉换钱。其实知道了，一只猪又能奈何。

一块石头

一块石头被我嗖一声，扔到田边的土坡上，跌落于乱草丛中，一动不动，一只飞过的鸟表达了不屑。

一些人正在田地里弯腰干活儿，不过问石头是从哪里来的。土坡上已经集中了大大小小几块石头、几块砖头。石头差不多拳头大小，休息的时候，我拿起来一块带尖的石头，用石头刮掉铁锹上的泥，发出嚓啦嚓啦的声音。

是啊，我一直想不明白，石头从哪里来的？一块石头，在透明的天空下，不出声地寂寞着，并被冠以无用之名，躺在田地里，被种田的人嫌弃。今天幸好我用的工具是铁锹，要是用犁耕地，会把犁尖打坏，就得去请韩铁匠重新打造一个犁尖，当然得花一笔费用，关键是耽误事。

种田人对自己田地里的石头、瓦块十分厌恶，见了，立即捡起来扔到大路上、土坡上。但多少年了，地里依然会冷不丁出现一块石头。

小石头的作用实在小，不能盖房，不能烧了做饭。但可以捶房顶用。房子盖好了，先是用麦秸泥铺在房顶上。过些时日，再打上一个渣子房顶，就可以遮风挡雨了。这打房顶用的就是石子、砖头、炉渣，用白石灰拌了，成了房渣，闷在一起十天半月出浆后，再翻一遍，过几天就可做打房顶的材料了。

请人来帮忙，这活儿三两个人干不了，起码七八个人。搭上架子，架子上铺了铁板，有人先把房渣一铁锹一铁锹扔到铁板上。木架上站了人，再一铁锹一铁锹扔到房顶上。再有人一铁锹一铁锹在房顶上均匀摊开，当整个房顶都摊匀了，就开始打房顶。众人在房顶上，一字排开，就三齿粪钩的背面用力杵打房渣。

啪叽啪叽，声音齐整，步伐统一，每每这时，我居高临下，耀武扬威，心里有着一种说不出的味道。随着白色的灰浆四射，房顶渐渐平整。如此几个回合，再晾晒一中午，下午再用木棒槌捶打几个回合，打房顶的活儿，就算圆满结束。房顶由于有了白灰、石子、炉渣的混合物做保护层，基本上可顶二三十年不漏雨。

我坐在刚刚打好的屋顶上，看着地面的一个小石块，想着这算是小石块的一个用处吧，但我不知道我自己有什么用。

不过要是大石块，就有用多了。用锤子、錾子把一些大块石头，打成光滑的石礅，盖房时盖在大门处，或直接放在门口，供人坐或供安装大门用，显得这家讲究。

要是更大的石头，不用加工，随便放在大街上就有用。比如我们巷子口，小计家房后，就凌乱地放着四五块大石头，大的方桌那么大，小的小地桌那么大，形状并不平整。几十年了，每天都有人或坐或蹲在上面，吃饭、聊天，或无所事事，俨然一个小乐园。

一 场 风

麦子灌浆时，一场风雨之后，我站在一块平坦的麦子地前。一大块地的麦子向着一个方向倒去，一棵压着一棵，绿油油的苫布一样。

我蹲下来，用手扶起几棵麦子，一松手，啪叽，又倒地。我反复扶起，又反复倒地。我不知所措了，站起来，要走，又蹲下，看这些铺在地上的麦子，发出绿光。一些麦穗上，麦叶子还残留着上午的雨滴，有的在慢慢掉下来，有的挂在上面，晶莹可爱。

不知所措的我，对可能到来的减产忧心忡忡。

风在乡下是常事，喜欢不喜欢，风都经常光顾。如果是春天，单纯的一场风，即使再大点儿，也无所谓。风把麦苗吹倒了，过一会儿，麦苗又站了起来。麦苗的腰是柔软的，一旦开始灌浆或者成熟了，麦子就像一个怀孕的女子，倒地之后，自己就无法站起来了。

春天的风有着一股内在的生动，遇到什么就点燃什么，遇到树就把一棵秃树吹绿，长出叶子。尤其柳树，树枝立即就长了许多，腰肢软下来。流水，迎春花，柳树芽，这些事物在一闪念中就生动了。春风是花朵的导火索，一旦点燃，就铺天盖地，就怎么藏也藏不住，像一个人的喜事，越藏，脸越红；越藏，心跳得越猛。

转眼，麦苗就半米高了，风吹着麦苗，波涛起伏，远远看去，巨大的绿涛起起伏伏，无穷无尽，甚是辽阔。春风不识面，小小少年有着小得意。

我见过秋天的大风，风拔地而起，成为一股旋风，铺天盖地而来。连那些粗壮的高过人顶的玉米，都禁不住风的吹，左右摇晃着，你推我一下，我拉你一下，不一会儿，就匍匐一大片，再也无力站起来，刚长出来的棒子上吐出的缨子扑在了地上。我躲进一个机井房里，看着大风从西刮向东，又从南刮向北。把一块谷子地的一个稻草人整体抬上天空，几个跟头下来，稻草人那红颜色的衣服，就离开稻草人，在空中独自飘。

我在机井房里和小计默默无语地看着大风在大平原游荡。后来，我和小计就在机井房里的墙角睡着了，外面呼啦啦的风声，也不能喊醒两个孩子的睡梦。

一座寺庙

南山有许多寺庙。

我和几个小伙伴去过几个，寺庙大小不一，小的一间房大小，大的有几个院落，但都破败不堪。平时也常有人走了十里百里的路来寺庙烧香祈福，但都是偷偷摸摸，有时遇见民兵巡查，这些烧香祈福的人就一哄而散。但这些人多是中老年妇女，跑又跑不快，走又走不远，好在这些民兵也就是做做样子而已。只有每年农历四月初一的南山庙会，民兵才不再干涉，烧香祈福的人就更多起来。

多年后的一个夏天，在一个寺庙，我见到一个清瘦的老者，走了很远的路赶来。他裤脚的尘土被轻轻拍去，他的手是干净的、纤细的、单薄的，如他手中那一炷香。我盯着他看，他冲我笑笑。他静静地站在寺庙的一棵松树下，把手中的香高举过顶。庄严地走向香炉。庄严的样子，如同他举着的是一个寺庙，庞大、辽阔。

燃着的香，在激烈的阳光下，青烟袅袅而起，高过他的头顶，一直向空中走。老者安详，不说话，也不看四周的人。一个松针落地，跳跃了一下，躺在地上，安静下来，一炷香在老者手上，一点儿一点儿地烧着，越来越短。我看见一点儿灰，飞下来。阳光下松针明亮，一炷香在老者手上，一闪一闪的。

阳光照在寺庙的屋檐上，金光灿灿的，与天空的白云蓝天对应着。寺庙的房屋是用砖石砌成，这些砖石并无什么特别之处，砖是普通的砖，与我们平常所见的并无差别。它们从别的地方，被人运来，一副不起眼的样子，被匠人拿起来盖成了寺庙，这些砖石就成了寺庙，这些砖石就慢慢与别的砖石，比如城市马路牙子的砖石，乡村房屋的砖石、郊外厕所的砖石有了区别。区别在哪里？这区别也没人说过，但一看，就有区别。这如同晚上的一场雨从天而降，这些雨落下之时，并不清楚要落在哪里，是落在河水里成为河水，是落在寺庙的屋顶静听佛音，是落在乡村的粪坑，是落在田野，等等，这些不是雨本身所能选择的。落了，不管落在哪里，都是一种生命的过程和完成。一滴雨有一滴雨的使命，一块砖石有一块砖石的使命，这也如同一个人的出生，具有极大的偶然性和不确定性。是出生在大城市的中产之家，还是出生在西部的大山里，没水的山村里，还是出生即遇见战争、瘟疫、灾难，还是出生就是歌舞升平，万千宠爱，对于出生者来说都是无法选择的。正是这种不可选择，造就了世界的多样性，命运的多样性，意义的多样性。

我们得承认，世界万物有着极大不可选择性。

平日我去寺庙的时候并不多，是因为我在寺庙里常常无所适从。无所适从是种感觉，去过了，才知道的感觉。所以，我也不间断地去，二十年来，至少去过十几、二十几次吧。去过都市里的寺庙，去过荒山里的寺庙，去过乡村里的寺庙，每次都是看看，待一会儿，就默默退出。诗人雷平阳写过一首《寺庙》的诗："有没有一个寺庙，只住一个人／让我在那儿。心不在焉地度过一生／我会像贴地的青草，不关心枯荣／还会像松树／从来都麻木不仁／我会把云南大学的那座钟楼／搬到那儿去，卸掉它的机关／不让它，隔一会儿就催一次命／我一旦住到了那儿，手机就将永恒地／关闭，谁都找不到我了／自由、不安全感、焦虑，文坛上的是非／一律交给朋友。"

其实，这不过是诗人一次遐想而已。

对于寺庙，再多的人再多的想法，都无所谓。寺庙就是寺庙自己，不管是身处红尘闹世，还是圣地、荒山。都是日出日落，悄无声息地面对众生，面对人间。而我们，或者说我，只要拧紧内心的水龙头，不传出滴水的声音就好。

也许吧，要不又能怎样？

有病的人

三年级时中了一次暑，就落了一个偏头疼的毛病。过些日子，就会偏头疼一次。吃过药，扎过针，也没痊愈。后来疼多了，我就找到了一个治疗秘方，就是一疼立即睡觉，不管正在干啥，找个地方，倒下就睡，醒了，基本就好了。

每天起来不叠被子，而是把被子理顺好，连同褥子一起卷到后面靠墙的地方，靠墙就形成一溜整齐的被子卷，我就喜欢靠墙横躺在被子卷上。我从来睡觉好，偏头疼后，不管多疼，只要一躺下，两分钟就进入梦乡，刚进入梦乡时还能感觉到，一下一下的疼，一会儿就没感觉了。

我的偏头疼，就是后脑勺部位，神经跳动着，一下一下疼。上一次疼到下一次疼间隔几分钟左右，有时感觉时间过了，心中暗想，是不是不疼了，刚想完，疼呼的一声就来了，疼得我赶紧皱眉，似乎皱一下眉，疼就会轻一些。

后来去医院看，医生也没说出一二三来。父亲开始给我扎针，后来啥时好的，反而不记得了。

我一个邻居姐姐，得了一种比我更怪的病，就是爱喝水，喝凉水。常常无缘无故地渴，一渴就受不了，必须马上喝水。那时热水少,她就喝凉水,用瓢舀一瓢凉水,咕咚咕咚就喝了,没解渴,再舀一瓢凉水喝了。每天要喝七八瓢凉水,差不多有半桶水,看着就吓人,也去过医院,仍然没好办法。

一直这么喝水,结果身体没长起来,个子矮。

我们队的刘桂花,一个四十多岁的中年妇女,平时和大家一样下地干活儿,回家做饭纳鞋底。就是喜欢吃土坷垃,常常拿一块土坷垃,放到嘴里吃,有时还吃煤炭烧过后的炭渣子。把大炭渣子掰成小块,放嘴里一点儿一点儿嚼,看起来清脆、香甜,我和小计也曾偷偷吃过,硌牙,根本没法吃,小计一边吐,一边说,呸,没法吃、没法吃。

五队的刘平子,不张嘴和大家一样,一张嘴哈喇子就往下流,止不住。偏偏刘平子特别爱说话,别人一讲话,他就接话,不接憋得难受。他一接话,大家就看他的哈喇子从嘴里挂着线淌下来,要是正好迎着光,就闪闪发亮。他一看别人都盯着他的哈喇子,就赶紧闭嘴,不好意思了龇一下牙。他的两颗门牙大且黄,向前三十度龇出去,只有用力闭嘴,才能护住。

刘平子还有一个病,就是尿炕,二十多岁了还尿炕。这两种病导致刘平子没娶上媳妇,一直打光棍儿。

雨 雪 声

我发现一个规律，就是雨啊、风啊、雪啊、闪电啊，这些自然界的事物，特别喜欢晚上甚至半夜里来。这个发现令我自己都有些惊诧，一溜小跑到小计家，把这个秘密告诉小计。

依小计的脑筋，我猜他是不会有这个发现的。

第一次发现这个规律，是一年夏天，我在房顶上睡觉，睡着睡着，突然啪叽一个雨点掉在脸上，我没睁眼，用手背抹去了。我以为是知了在树上撒尿呢，接着又是啪叽几声，雨点砸在我的眼睛上、耳朵上。我睁开眼，下雨了。

四下是黑和安静，睡觉前的星星都回了自己的房间，一个也没了。雨点隔一小会儿就掉几点，安静地掉下来，砸在我脸上、肚子上、房顶上、树枝上，声音特别细小。一棵大槐树就在我的斜上方，它的一些枝叶上不时也掉一点儿雨，和天空掉下的雨叠加在一起，使雨滴大了些。

后来雨下得密实起来，发出唰唰的声音，我不得不起来，抱着被单子走下房，到屋里睡觉。屋子里有点儿闷，好一会儿也没睡着，这时闪电来了，哗啦一下，闪电把整个天空都照亮了，把屋子也照亮了，瞬间又暗下去。四周陷入更加深的黑中，接着就是大起来的雨声，连成一片。

我喜欢下雨，喜欢听雨落在庄稼叶子上的声音。一次我在玉米地里薅草，下雨了，我就躲在几棵特别高大壮实的玉米下面。这时候田野里没有人，只有雨从天空落下，开始啪啪地打在玉米叶子上，后来越落越急，发出唰唰的声响，一片连着一片。我在地上坐着，把一块塑料布顶在头顶，雨落在玉米叶上，落在塑料布上，发出啪啪啪的声音。

天地间，我独自坐着听雨声，生动、神秘。

雪就不一样了，总是在我们睡觉的时候偷偷落下，等我醒来，推门一看，哎呀，那白，耀得眼都睁不开了。院里、树上、房顶上，一片白，但我没有听到雪落下的声音。大人说雪落无声，我不信，什么东西落下能无声呢？雪落下也有声音，不过是我们在睡觉，没有仔细听罢了。后来我专门听了，那是一个下午，我和小计在地里玩，突然下起雪来，开始是雪粒子，小小的，沙沙地打在一片没有收割的玉米秸上。那些已经干枯的玉米秸瑟瑟抖抖地站在空旷的田野，被雪粒子敲打着，我们弄了一些玉米秸在地里点火，红红的火焰着起来的时候，雪粒子下得大起来，落在火里了，以雪击火，火却不怕，更加猛烈地燃烧着，噼噼啪啪地把雪也烧着了。

田野更加空旷，小计卷了一支烟，对着火点了，抽着，把烟一口一口吐向天空。天空阴沉沉的，没有风，没有人，只是倾斜着把雪粒子一把又一把倾洒在旷野中的万物之上。

我围着火转圈，来来回回地走着，听雪粒子砸在头上、脸上、脖子上，并不觉得多冷。远处的道路开始变白，田野开始变白。

火一直没有变白，一直烧着。小计抽完烟，把屁股对着火，一边烤火一边说，屁股都烫了。

我说，你的屁股冒烟了，着火了吧。

火终于要灭了，雪更加大起来，雪粒子变成雪花，一批一批的，飘舞着落下，露在玉米秸上。仔细听，有轻轻拍打声，像娘做被子絮棉花，一层一层加厚。雪落在雪上，像水注入水中，有着内在的声音。

我们俩开始向家的方向走，雪追着我们。我们慢腾腾地走着，像两个有心事的老人，头发全白了，脚下发出咯吱咯吱的声音。我看看四周，白已经掩盖一切，连高大的树也全白了。

雪大得看不见道路了，四处都是道路，又都不是道路。好在对于两个孩子来说，路不路吧，从来没想过。走到哪儿算哪儿，走到哪儿，哪儿就是路，高高低低，深深浅浅，曲曲折折。

我穿着一身黑色的棉袄棉裤，小计穿一身绿色的棉袄棉裤，但此刻看起来，都成了白色的棉袄棉裤。

远远看上去，没人能分辨得出。

在一场雨里跑

噼噼啪啪的雨下个没完,我和王二一人披着一个化肥袋子走在雨中,雨越下越大。我俩去村东地里看水。

每每下雨的时候,水沿着大街的沟一路东流,直接流进一块洼地。一些埋在草丛、泥土里的,平时以为消失的东西就会浮出来。我光着脚,王二穿一双塑料凉鞋,带子断了两根,一走啪叽啪叽响。

高粱半人高了,稀不愣登,临近路口一段一些垃圾挡在高粱身上。一个小孩的红裤子,挂在一棵高粱上。王二走过去,拿一根树枝挑起来,举着,在我面前晃来晃去,像一面旗。乘他不注意的时候,我一脚踢飞了。

我们俩哈哈大笑起来。

前面是砖窑,砖厂平地上的水差不多一尺多深了。我们俩走在水里,脚下是细腻的泥土,踩在上面感觉十分舒服。

田野里没有人,雨打在高粱叶上、玉米叶上,发出沙沙的声音。雨把我们的短裤都淋湿了。王二说,走,去那个小屋看看。

砖厂有一个土坯垒的小屋,我们俩小跑着过去,蹚起来的水溅在身上，溅在水中。

　　天快黑了，小屋没有窗户，黑咕隆咚的。我们俩在门口站着，看看也没啥好玩的，就讲故事。一个人讲一个，都是我们从小画儿书上看的，尽管有的故事，已经讲过多次了，可讲的和听的仍然津津有味。当然每一次讲的也不一样，有讲故事人临时改编的，也有听故事的人觉得故事不够精彩，不够好笑而建议增加的。

　　田野里下着雨，我们俩在小屋里讲着故事，四周安静得只有雨声和我们讲故事的声音。

　　突然，扑通一声，小屋的后墙倒了，幸好倒的墙没有砸在我们身上。王二吓得脸变色了，张着嘴一句话也说不出，我也被吓得心扑通扑通直跳。

　　我和王二互相看了看对方，啥也没说，撒腿就跑。我在前面，王二比我跑得慢，我能听见王二呼呼的喘气声。

　　这时候，天黑下来了，雨更大了。雨打在我们身边的玉米上、高粱上，声音也更大了。我们顾不上这些，只是跑着，跑在一场大雨里，四周都是雨，上面下面，左边右边。

　　我们一直跑一直跑，雨一直下一直下。

铡　　草

　　月亮升起来了。

晚饭后,娘抱起一捆玉米秸时,月光正洒在玉米秸上,黄色的叶子格外醒目。父亲挽起袖子,高高提起铡刀,铡刀的光与月光发生了碰撞,反射到玉米秸上,反射到娘的手臂上。在这一道光里,娘把玉米秸送过去,送到铡刀上。父亲看了一眼,没说话,双手摁下铡刀,向下用力,随着父亲的腰弯下去,咔嚓一声,一捆玉米秸应声而断,断下的一截,纷纷掉在地上。

月光皎洁,四周没有人说话,娘和父亲也不说话,甚至没有眼神的交流。娘再把手中的玉米秸送过去,父亲提起铡刀,又摁下铡刀。玉米秸纷纷而断,黄色的玉米秸,一节节断开,碎了,落了一地,越堆越高。

碎断的黄色玉米秸纷纷扬扬落下来,一场雨雪就落在时间的深处,时间的碎皮纷纷扬扬,就落在生命深处,不急不躁。轻盈的身体,碎断、宁静,命运的安排吧,碎断处的玉米秸不觉得伤口有什么了不起,万事万物有自己的运行方式。

在西东,这叫铡草,大约是玉米铡碎了,就成了草吧,我想。一些事物碎了就没有什么价值了,一些事物碎了,是回归最后的价值。其实世界上的价值不过人强行赋予的,与事物的本身没有太大关系,事物不过是在完成一次生死的轮回。

当然父亲是不会考虑这些的,父亲只是在干一种活儿,一个农民习以为常的日常活儿。

一个生产队通常只有一个铡刀，秋后，各家各户都要铡草，白天地里有这样那样的活儿，腾不开手，只好在晚上铡草。秋天的月光是明亮的，天气不冷不热，夜又长，正好干活儿。

吃完晚饭，娘和父亲对视了一眼，来到了院里，开始铡草。从月亮初升到月亮西坠，铡出了小山一样的一堆玉米秸。

第二天父亲向猪圈里填一些铡下的玉米秸，等猪踩了以后沤肥，剩下的拉到外边挖一个坑，用土埋上，往里面浇些水沤肥。没有化肥，要想多打粮食必须得有肥，沤肥，积肥，是西东人重要的事，大人、小孩都看重的事。

庄稼就是这样，种下，收获粮食，身体最后也重新归于肥，形成一种新的力量，去滋养下一代的自己，不怨不恨，平静接受命运的安排。

月光下，父亲在铡草，就两个人，一个送料，一个铡，动作简单，影子在地上重复一个又一个动作。

月下铡草，简单，明了，在夜色里，生动着，咔嚓咔嚓响着。

如同时间的钟表，咔嚓咔嚓响着。

照 片

照片上的人，戴着一个绿军帽，傻傻地看着我，呆头呆脑，不知所想。

照片上的人就是我自己，旁边的几个人是我的同学小计、振发、先中，都戴着一个绿帽子，脏兮兮的。表情拘谨，目光涣散。

这张一寸照片，静静地躺在一本破书里，书破的缺三短四的，这样照片看起来陈旧不堪。这是我人生中的第一张照片，那是一个夏天，我们迎来了小学毕业，我和小计、振发、先中几个人，有的坐在一棵老槐树下，有的直接坐在地上，有的坐在一只鞋上，手里拿着一本书，却没人看。大家似乎陷入一种忧伤中，不知道今后的日子将是什么样？那几乎是我人生第一次对未来的岁月进行了想象。小学毕业，注定一些人上初中，一些人不上初中，这是必然的。西东的小学毕业生不是每个人都能上初中的，这没有什么可以怀疑的。

人生的一些定数，我从小就有觉察，但这定数真的是定数吗？我又有一点点不甘和不确定。

在此之前，我从没有想过自己的未来，这是第一次。尽管这种对未来的想象浮皮潦草，但它启动了我对未来生活的想象之路。我想我会上初中的，以我的成绩考个初中没有太大问题，至于读了初中能不能考上高中，就太遥远了，目标太遥远了，我的想象力有点儿力所不及。我们几个人有一搭无一搭聊天时，突然来了一个照相的人，骑着一辆自行车，走街串巷给人照相。我突然想，要不大家凑钱照个相吧。小计、振发你看看我，我看看你，都站了起来，照吧，多少钱，咱几个一起掏钱。

就这样，我们四个人，照了人生中的第一张相片。现在小计已不在人世，振发去了县城，先中去外地打工，已多年不见了。

一张相片成为永恒，这永恒并不是真的永恒，什么是永恒呢？大约没有永恒吧，永恒可能只是我们的一种想象，想象了永恒，永恒就可能存在。

一张陈旧的一寸照片，在一本破旧的书里躺着，安静，自然。看它的人心里涌起的波澜，相片并不知道，自顾自地一如往日宁静着，对世界不理不问，并独自渐渐发黄。

针　灸

一根银针，细长尖锐，在时间深处渐渐清晰、生动起来。

小时候，药少，主要是吃药得花钱。如果花了钱，病还没好，就感觉太亏了，这样就显示出针灸的好处了。

父亲给别人扎针用自己的针，不收别人的钱。每次扎针前，用开水煮一下，但不是一年四季都有开水。有时就点着灯，在火上烧烧，消毒。针不管是在水里还是火里，都平静地接受一只手把自己翻来覆去，不矫情，不喊叫。作为一根针，有着自己的使命观。

针不到半尺长，在一个专用的布包里放着。有人看病了，父亲一边招呼着，一边放下手中的活儿，问病人的情况，问清了，就把脉，就说，扎针吧，然后拿出针。

我见过父亲给人扎针，头上、脖子上、肚子上、屁股上、腿上、脚上等。在行针的时候父亲会问，胀吗？麻吗？如果病人说，不。父亲就用他细长的手指轻轻一捻，病人马上就会说胀、麻。

父亲一笑，就松了手。

父亲自信而随和，尤其是父亲伸手给人号脉时，安详、专注，气定神闲的样子，令我感叹了多年。

有一年的八月十五，一个老头割了几斤肉，给我们家送来，放下，说了一句啥话。我没有听见，父亲也没听清，老头转身就走了。父亲赶紧送出去，要说句客套话，可老头已走远了。

父亲笑着给弟弟说，你看，给人治好了病，有肉吃。

父亲治好过多少人？我不知道，父亲说，哈哈，他也没数过。

来我家看病扎针的每年几十人总是有的，有西东的，有四邻八乡的。父亲从不拒绝。母亲说，以后晚上就别出诊了，咱又不挣他们的钱。父亲就笑笑，唉，凡是晚上来请医生的，一定是重症、急病，不去不合适，都是四邻八乡的。

父亲成了我们那一片三大名医之一，常常被人请去看病或会诊。有时在白天，有时在晚上，刮风下雨也去。

那一片是多大？一个公社？两个公社？三个公社？没有固定的说法，像一个不规则的圆。

父亲给我扎过针，我肚子疼、头疼时。父亲就拿出针来，我知道逃是逃不过的，就老老实实地躺下。一般一次就见效，两三次就彻底好。一根长长的针，就这样缓缓扎进身体里，穿穴过脉，觉得很是神奇。

我并不特别怕扎针，可能是见多了的缘故。

后来，听父亲说，他学针灸是靠在自己身上练出来的。

后来，父亲去世时，大哥专门买了毛笔、眼镜、银针、乒乓球拍，父亲生前喜欢的四种物品放进棺材里，永久陪着父亲。

然而这根陪着父亲的银针，父亲生前并没用过，严格来说与父亲没啥关系。不过这也没啥，银针早晚会被父亲握在手里，成为父亲一件得手的用物，其他的就不重要了。

芝　麻

芝麻细小，粒粒清晰，不管是一粒还是一碗，都散发出一种深入内脏的香。

芝麻多香啊，西东人眼里，芝麻是最香的，榨出的油，叫香油，香油油条，怕是世界最好吃的食物了。

自从分地后，各家开始种芝麻，芝麻不是单独种的，一般套种在棉花地里水垄沟上，或者棉花死了，补种上几棵芝麻。芝麻长得高，高出棉花一米多，显得突兀。秋天，我到地里薅草或者干农活儿累了，掰几梭芝麻吃。把芝麻梭放在嘴边，用一只手抠进芝麻梭子里面，用力一绷，半梭芝麻就进了嘴里。再换一只手，把另半梭吃进去。顺手把空芝麻梭子一丢，动作一气呵成，轻松、利索、娴熟。后来到杨村上学，路上会经过一片高粱地、一片谷子地、一片棉花地。那时的孩子们有着极强的破坏欲，走在路上，遇见高粱地，就用一只手抓住高粱穗的一部分，轻轻顺势向下一拉，手中抓的高粱穗就从高粱上扯了下来，顺手扔到地里。遇到谷子地，当谷子冲着不同的方向弯下腰时，就五指并拢，手掌由下向上用力砍向谷子穗与谷子秆之间位置，一个大谷穗就一下飞出老远。遇到棉花地，就跑进去掰两梭芝麻，在路上边走边吃，一路得意扬扬，极为自得。

一次我刚掰了两梭芝麻，突然发现棉花地里有人干活儿，吓得转身就跑，干活儿的是个中年男人，大喊了几声，并没有追赶。

后来，有农民找到学校，告状有人把谷子的头用手打掉了，老师还不相信说，他们偷吃几个芝麻还可能，他们打掉谷子穗干啥？老师百思不得其解，就问我们谁干的？我们装得一个个没事人一样，这事算是不了了之，打谷子穗的事算告一段落。

芝麻收了后，放在房顶上晾晒。芝麻捆绑成个子，四五芝麻个子立着靠在一起，互相支撑着，这样干得快些。过几天大人让我们拿一个包袱铺在房顶上，抱起倒立的芝麻个子用手拍，芝麻就唰唰地落在包袱上，捡去叶子、杂物，就是白花花的芝麻。这时总会忍不住抓一把芝麻直接塞进嘴里，哈，那种过瘾的香，会忍不住再来一把，放到嘴里，都不知道怎么嚼了。

周身被巨大的满足感、幸福感冲击着。

大把大把吃芝麻，对于我来说过于奢侈，可又忍不住，就暂时生出小小内疚感来。吃香油，都是用筷子伸进香油瓶子里，蘸几滴到锅里，如果恰好有小孩在旁边看着，大人会把蘸完香油的筷子，放到小孩的嘴里唰唰，小孩子就感觉到浓浓爱意和无尽的美味。

想想，幸好有芝麻，我才感觉生活里还有着另一种滋味。

抓 知 了

知了一直在知了知了地叫着,知了你知了什么?知了对我的问话不屑一顾,继续知了知了地叫着,不想叫时,就闭嘴休息或展翅而飞。

知了就是书上说的蝉,知了的幼虫西东叫老咕隆,听起来不知所以然的名字。我想,大概因为它是从地下一个窟窿里爬出的缘故吧。县城东边一带把知了叫知了猴儿,县城附近的人把知了叫"神仙",可能是其会蝉变的缘故吧。

一到夏天的傍晚,我们就三三两两地拿一个木耙子,到村外大路边、到大队的油坊、到六队的头棚去找老咕隆。去六队的头棚人最多,因为那里地方最大,种着好多树,树下的老咕隆也多。

我低着头,仔细查看地面是否有针眼大小的洞。发现一个可疑小洞,就赶紧蹲下,用木耙子在地面轻轻一刮,如果不是,一刮之下,啥也没有,下面还是土地。如果一刮,小洞变大,那里面就有老咕隆,加了小心,用木耙向下挖,几下就能挖出一个大人拇指大小的胖乎乎的老咕隆。我一直不明白,它是吃啥长大的,咋这么胖。如果恰好那天没带木耙,就用手抠。把小洞一点点抠大,伸进去小手指,老咕隆自己就会沿着手指往上爬,爬进我的手里。

天黑之后，用手电在树上照，老咕隆正往树上爬。看见一个抓一个，放到准备好的大口瓶子里，带回家。赶上家人正在烧火做饭时，把老咕隆放在火里烧，是绝对美味。如果再奢侈一点儿，或赶上大人心情好，把老咕隆洗了，在油锅里炸，那简直就是天下第一美味了。当然这样的时候少，那时候各家的油少，油太珍贵了。

有时候抓了老咕隆，就用一只碗在桌子上扣住。第二天早晨，打开碗，就会得到一个翅膀尚不黑的知了和一个知了皮。拿线把知了的翅膀绑了，就是一个玩物。

那些没有被我们抓住的老咕隆，在一夜努力之下，就会爬到树上，第二天变成知了，几个小时后，就可以飞了，可以叫了。

爬到树上的老咕隆就像一个假象，你不知道是知了皮，还是老咕隆。只有用手一摸，轻重才会了然。中午时分，大人都午睡，知了就会吱吱地大叫起来，其中就有头一天还是老咕隆的新知了。几十个、上百个知了一起叫，吱吱吱，单调、持久，加上中午烤人的大太阳，确实烦人。不过我有时候听着仨俩知了在叫，竟然也好听，我想一定是风吹过谁家的笛孔，一声一声，时断时续地在头顶响着，给寂静的天空以生动。

我是不午睡的，等大人睡后，就悄悄溜出来。拿了一个竹竿，在竹竿头上用马尾巴丝绑一个套，上到房顶去套树上的知了，看准一个知了，就悄悄举着竹竿靠上去，套住了就把知了放在一个塑料袋里。西东村的房子都连在一起的，在我们大街的房顶上可以串走到前街的房顶，房顶上就成了一个新世界。开阔，无人，有一种居高临下感。

后来看书，知道清朝皇宫里竟然有一种职业抓知了的，叫粘杆处，哪里的知了叫得响了，影响皇帝、妃子睡觉，粘杆处的人就拿着杆去粘知了，后来粘杆处利用粘知了机会监视、偷窥别人，后来慢慢发展成特务组织，专门监视大臣，有点儿类似明朝的东厂、西厂。

从一种角度来说，知了是演奏家，尽管声调单一些，但知了把演奏当成终生的事业，无怨无悔，被人烦也不管，一生把演奏进行到底。早年一直不知道，这小小的知了是咋叫的，后来我上网查了一下，说知了的胸部和第一腹节之间有一个绝妙的发声器，有鼓膜、镜膜和共鸣室三部分组成。随着肌肉的自然收缩和放松，发声器能发出高低长短错落有致的声音。

一天，在一个朋友的一篇文章中看到："有人曾把蝉鸣录音复制，将绘出的音频曲线与气象站的湿度自记曲线进行对比，意外地发现两者之间存在着相当好的反向关系。一般午后，两三点钟，群蝉争鸣，音频曲线跃上高峰，这时的湿度曲线恰恰坠入低谷；而在凌晨四五点钟，蝉声低缓，湿度却扶摇直上趋于饱和。我们可以这样认为：高亢短促的蝉鸣表示空气湿度较小，兆晴；低沉长缓的蝉鸣表示空气湿度较大，兆阴雨。"

也有人观察发现，知了叫的次数与气温有关。知了是凉血动物，体温和肌肉活动直接受到气温影响。气温高时高叫不止，气温低时叫得时断时续。这些不是我关心的，我关心的是如何抓知了。知了喜欢光，到了晚上，叫了一天的知了就在树上睡了。我们就到村外的大路边，抱些麦秸在树下点着了，在火光里大家一起用脚踹树，四五只脚一起踹，惊起的知了一声惊叫着就起飞，由于天黑，知了看不见。啪啪啪啪，树上的知了就落到地上，有的直接落到火里，被烧死。烧死的知了不能吃，也就是说，老咕隆可以吃，一旦变成知了，也就不能吃了。知了是没有肉的，知了吸风饮露，所以，古人说知了代表高洁雅士。当然古人不说知了，古人说蝉。

也就是说知了是蜕了皮的老咕隆。老咕隆通过一次蜕皮，完成一次蝉变。而蜕的皮，是一种中药材，中医说它性寒、味甘，可用来治风热、头痛咽痛、风热上攻、目赤咽肿等病症。几乎所有大一些的药店都收购，我便利用中午的时间去收集知了皮，然后用线串起来，挂在屋内的墙上。一串一串，多了，拿到药店去卖，多的时候一次可卖一两元，少的时候卖几毛钱，这已是我的巨款了，我用它买作业本和糖豆。

但知了皮极轻，轻若无物。多少个中午，在大路边的小树林，一个孩子行走在其中，他的脚步和命运，知了皮一样轻飘飘的，在空中晃晃荡荡的，无着落。

砖　　窑

从西东村东直着向东走五百米，过一条小路就是我们队的砖窑。砖窑东边、南边是大片的空地，是为了拉土脱坯子用的。空地上有一排排的坯子架，一人多高，盖着塑料布，风一吹，塑料布哗啦啦响。

我大伯是手工脱坯的能手，一天可脱坯一千二三，在当地数一数二。大伯脱坯连和泥，全是一个人。我见过他脱坯，他弯下腰后几乎就不再直起腰。把泥放进模子里，用一个弓弦把多余的刮掉，使上面成为一个平面，弯腰端着模子走十几步，反手咔一声，扣在撒了灰的平地上，再去扣下一模子。模子有两块坯的、有三块坯的。大伯从来就是用三块坯的，累但出活儿。

大伯脱出的坯，平整规矩。几乎没有废的。这样大伯在砖窑上就是把式，砖窑上一般最少有两个把式。另一个把式是桃子叔，他负责装窑，点火，烧窑。当然大伯也会这些，但要论第一，西东村桃子叔是第一。

点火后这段时间，桃子叔就在砖窑住，日夜监控火候。砖窑边有一排三间房子，就是桃子叔的住处。一年冬天我和桃子叔的儿子广得到砖窑玩。中午时桃子叔给我们煮挂面，可是没有水了，就到砖窑后面的水坑里砸了一块冰，放进锅里加热，烧化了再煮面。由于水少，面特别稠，没有汤，吃起来有点儿噎人，但好吃。

后来不知怎么，有几年砖窑不烧砖了，我们去地里薅草的时候，就跑到窑顶上去玩。一条小路盘旋着可以上到窑顶，上到窑顶往下看是空空的窑洞，往四周看，有种居高望远的感觉。一次我和振发钻进窑洞里，我们俩在那里面讲了半天故事。那真是一个好地方，安静、背风，有种小小的神秘感。

我也干过砖窑厂的活，那是我初中毕业后，等待高中通知书的时期，我和村里的几个人搭伴到一个离家五十里地的砖窑厂干活儿，挣个零花钱。给我分的工作是拉坯子，那时已经是机器制坯了。

我每天拉一个特制的架子车，坯子从机器出来正好是一版十几个。两个人抬起一版坯子放在我的车上，一车放满三版坯子。我就弓腰拉走架子车，走上一百多米到坯子场，有两人专门落架。一人两把小手叉，一叉子两块坯子，端着上架。上架是一个技术活儿，我干不了。

上完架，我再拉着架子车去拉坯子，拉坯子的车有四五辆，保证哪里也不耽误事。一趟又一趟，不得停息。

我就像一头驴，来来回回拉着车，驴拉车不用弯腰，我得弯腰。一趟又一趟，从吃完早饭拉到吃午饭，吃完午饭拉到吃晚饭。一趟又一趟，中间不休息。

好在这日子时间不长，二十天左右，我重新回到了学校。

后来盖房的时候，桃子叔和我父亲商量，我们两家合着烧一窑砖，在桃子叔新宅基地上盖一个烧红砖的简易砖窑，两人经过计算后，说可以省些钱。

说干就干，挖坑，盖窑，脱坯，烧砖，开窑。

桃子叔烧了一辈子砖，对自己的手艺很自信。出窑，砖却夹生，桃子叔和我父亲，你看我，我看你。

桃子叔对天发出一声长叹。

用吧，不用咋办？

盖房，砖发黄，质量差了一些，倒没啥大事。房子一直住了三十多年。

捉迷藏的孩子

我把自己藏在黑夜的玉米垛里，欣喜没有人可以找到我，又怕没有人找到我。

我是一个喜欢捉迷藏的孩子，喜欢藏，也喜欢捉。

我是一个认真的孩子，藏就要藏好，捉就要捉住。回过头看，半生来，我一直在藏与捉中度日，只不过藏没有藏好，捉也没有捉住什么。这可能和我的性格有关，或者说这就是我的命运吧。我从一张白纸里抬起头，一声叹息。

捉迷藏一年四季都适合，最适合的我想还是秋天的晚上吧。月光明亮，大地空旷，天气不冷不热。晚上在家吃过饭，三个两个的小孩儿就会自觉聚拢过来，我们家的巷子口就是一个集合点，一看人数差不多了，就会围拢过来，举着脏兮兮的手，用石头剪子布的方式，分成两拨。一拨人藏，一拨人捉。

藏的人先走，走了一会儿后，捉的人就开始四处找。偌大一个村子去哪里找呢？或者说，偌大一个村子藏到哪里呢？

藏的地方一般都是公共场地，比如哪里有不住人的空院子，没有房子的空院子，哪里有几大堆玉米秸，麦秸堆啥的，都是藏身的好地方。找的人就在各种巷子里乱找，跑来跑去的。我喜欢藏的地方是玉米秸堆上，两三个人互相拉扯着爬上去，把上面的玉米秸整理一下，让自己坐着躺着舒服些，从地面又一下看不出来。弄好了，半坐半躺在高高的玉米秸堆上，四周已经很静了，偶有谁家男人大声斥骂孩子的声音，有谁家的狗叫声。抬头望着天空的明月，月光真亮啊，比现在的月亮要亮一百倍。月光水一样泼在大地上，泼在房子上、玉米秸堆上、我的脸上、一只狗的身上。我们都不说话，在月光下制造一个内心的秘密。

我也曾藏过玉米秸堆与墙之间的缝隙里，外边用玉米秸堵上口，两个人或三个人在里面说着悄悄话，听外边的脚步声。一旦有脚步声，就赶紧闭嘴，倾听自己的心跳，咚咚咚，咚咚咚。

藏的人，多数要被捉的人捉住，因为捉的人，上一次是藏的人，这种换位的游戏里，大家都是行家里手，知道各自的心思和套路。但也有意外的事情发生，有个别的人，可能是捉人的，也可能是藏的人，在没有完成自己的任务之前，偷偷跑回家睡觉去了，他们知道另外的人，在等他们，可他们依然不告而别，回家睡觉去了。

有一次，我藏在了一个荒凉的猪圈里，这个猪圈好久不养猪了，猪窝里有一些干草，我靠墙坐在里面，刚好被阴影挡住，可以看见别人路过小巷时的腿，而别人不会看到我。我一个人坐在里面，开始是窃喜，捉我的小计这次一定不会发现我。

干草在半明半暗的月光下，安静不语，我也静静地待着，慢慢地进入睡眠状态。

等我一觉醒来，月亮已经凉得同凉水一样了，四周静得只有月光走动的声音，可是小计没有来找我。我从猪圈里钻出来，站在明亮寂寞的月光下，一时有点儿恍惚，这是哪里？为什么没人找我？

我突然急得有点儿想哭。感觉自己被人忘了，被整个世界忘了。

一个人藏得太深，不见得是一件好事。

自 行 车

在西东,不是所有人家都有自行车。

但我家有一辆,破旧的。没有链子盒、铃铛、闸皮,脚蹬子有轴没板。

我大约六岁开始学骑自行车,个子小,骑在大梁上腿够不着脚蹬子,只好在大梁下掏腿骑。刚开始,半圈半圈地蹬,蹬得频率快,走得速度慢。两条腿咔咔地一个劲蹬着,不能停,看起来很是忙碌。经过苦练,几天以后能蹬整圈了。在大梁下骑自行车有一种危险,容易在蹬整圈时摔倒。一天,我正得意扬扬骑着自行车从大街上呼啸而过时,一个没注意碾压在一块砖头上,啪叽,摔倒了。人生就是这样,在你正得意之时,一下子迈进一个坑里,绊在一块石头上,啪叽,就摔倒了,没有任何防备,让脸一下子冲下,直接面对土地了。

自行车压在身上,腿别在自行车里,手脚乱蹬,用尽九牛二虎劲也没能起来。一个自行车的重量对于一个六七岁的孩子,就是一座山。

这时,走过来一个大人,他伸出手,帮我把自行车搬开,我才一骨碌爬起来。爬起来没有说谢谢,那时候西东人不兴说谢谢,冲着人家笑笑,算是表示感谢了。

我爬起来推着自行车继续在大街上呼啸而去，失败对于我来说，就没当回事。之后，开始想在大梁上骑了。

村东一条土路，路平，人少，适合学骑自行车，关键是有一个大斜坡，下斜坡二百米有几个粪堆。斜坡和粪堆有啥用？我把自行车推到斜坡之上的几十米远处，然后推着猛跑，伺机把左脚站在中轴上，右腿翻过大梁，这样就稳稳坐在大梁上了，自行车开始向斜坡下俯冲，我乘机咔咔蹬几下子。

自行车飞一样冲下去。这不就学会了吗？我得意扬扬，那时我特别爱得意扬扬。得意扬扬就是自己一边点着头，一边心里夸自己牛。

问题是怎么能让自行车停住？让我从自行车上下来？这时候几个粪堆就派上了用场。当自行车到粪堆处时，速度已经慢了下来，我乘机撞到粪堆上，车倒了，有粪堆接着，没摔着，也没摔坏自行车。我从自行车下来，摸一把额头上的汗，把自行车从粪堆上扶起来，继续下一轮的俯冲和摔倒。

一个小孩子，不经历几次俯冲和摔倒怎么能学会骑自行车呢？

主要是怕把自行车摔坏了，我自己不怕摔坏。

常骑自行车带弟弟玩，弟弟不怕，弟弟相信我的骑车技术。我俩一路歪歪扭扭在大街上走，练就了我自行车技术的飞长。

1980年父亲落实政策，摘下右派的帽子，不过那时我不太明白，为啥右派都有一个帽子。但不管我明白不明白，反正父亲到临县上班了，他把自行车骑走了。

也就是说，我没自行车可骑了。

几年后我上中学，八里远，刚开始时走读了半年，每天和小峰骑小峰家的一辆旧自行车上学。每天吃完早饭，我就找小峰，或小峰来找我。

一个人驮着一个人出发。

车胎不好，慢跑气，偏偏我们两家都没有打气筒，到别人家借用。连海家有，振发家有。我们上学老迟到，是因为小峰的自行车链子不好，遇到不好走的路或上坡就咔咔响而不前进。我们俩只好下来，推着自行车走一段，路好走了，再骑上车。有时骑着骑着，链子咔咔响，小峰就继续用力蹬，咔一声，链子断了。

我们下车，找一个砖头，把链子放好，抡起砖头，咔咔几声把断了的链子扣砸在一起，好了，继续骑。

上学之路漫漫，我们说笑着，弓着腰骑。

一次，我骑父亲的自行车，骑着骑着，脚蹬子的螺丝掉了，后来脚蹬子的胶棒掉了。啥时掉的，我却不知道，这样只剩下中间一个轴了，怕父亲说，心里一路忐忑着到了家，还好，父亲没说我。

破车子容易坏，天天这儿那儿的坏，西东人说不听话的孩子时常说，你个破车子转的，三天两头得收拾收拾。

后来，在邢台工作的姑姑给我家买了一个新自行车，黑色的，梅花牌。姑姑说，在农村得买一个结实的，可以驮东西的自行车，买一个加重的吧。这是我家第一辆新自行车，加重的二八自行车，后尾架下面有两个架子，可以放下来。后来那辆加重的梅花牌自行车去哪里了？怎么也想不起来了。

有几年我就骑着父亲的旧自行车上学，幸好是住宿生，每周骑车回家一次，那时好多同学的自行车和我的一样破，没有锁子，或者说，锁住了，可能就再也打不开了，使我稍稍找回了点儿面子或者叫自尊心。

中学时代，是一个讲面子的时代。有的同学的被子是洋布做的，细致好看，我的被子是老粗布做的，粗糙，觉得老没面子了。不过幸好不少同学的被子也是老粗布做的。

我从小是个有点儿小小虚荣心的孩子。

可我知道自己的虚荣心，一点点而已。

跋：村庄的灵魂

每一个村庄都是有灵魂的。

不仅仅是过去日子里渐渐消失的河水，还是一个人精神的成长和独立过程。问题是我们如何找到通往这个村庄的道路，通向一代人精神的隐秘道路。

我生长于斯的西东村，是华北大平原深处，一个平凡的注定被烟雨淹没的村庄，一个被历史尘土正在淹没的村庄。在这里，我完成属于我自己，同时也是属于二十世纪六十年代末到七十年代的那一代人的发育过程。我之所以用了发育，是因为发育具有漫长性，有着身体和精神内部的斗争和协调性，有着文化和流水的沉浸性，有着生命气息滋生的过程性。

一个村庄就像一部书，在时光里渐渐被风雨翻得破烂起来，封面被撕毁多半，内文出现发黄、卷角、破洞，一些字迹模糊。当然仔细看，凭着我们生命本身的经历，目前尚能看出或者结合上下文，联想其中的一些人物关系、生活事项、风物，基本上还可看得懂，但这一代人远去后，或者说乡村消失之后，是否还有人看得懂？

空中的雨水，下在历史的深处，下在那片玉米地里，下在我的头顶，下在一个叫小计的少年的头顶。那时候多雨、多风、多电闪雷鸣。那时的夜晚比现在黑，黑得伸手看不见自己的五指，就像饿，说来就来，看不见来的过程。

西东村是一个典型的中国地形缩影，西高东低。西东村的人，也是典型的大平原上的人，谨慎、粗糙地活着，内心卑微，语言洒脱，表情各异，木讷的木讷，蛮横的蛮横。他们爱使用反问句，尾音上挑，脖子斜着上梗，形成向上仰的角度，但他们的白眼球并不多，所以并不算给人白眼。他们贫寒而被风日夜吹彻，这使得他们的身体水分不多，显得干巴巴的，显得老成。一些稍有点儿身份的人就爱披一件上衣，冬披着黑棉袄，夏披白布衫，背手昂头走路。远远地看上去，却像一株被风吹得东倒西歪的庄稼。他们走着走着就从大道走到了小道上，走到了田地里，走着走着就成了后来我们轻视的人，成了我们嘲笑的人，成了我们记录的人，成了我们回忆的人，而他们自己从不考虑这些，他们只是生活着而已。

而我们，注定有一些人要成为他们。

一些人走出了村庄，走到县城，走到城市的大街上，成为另一个人，他们或者像一头误入城市的牛，慌张而无措。他们中有的人会一直向前走，像一条落水的狗，不管不顾地奋力向前刨，能刨多远，那得看命运。有的人则会不由自主回望过去，回望过去的岁月和天空。但大部分人，没有能离开这个村庄，或者说离开了，到外地打工了，可他们终究要回来的。当我从城市回到这个叫西东的村庄时，一些人已经不认识了，他们都是在我离开村庄之后出生的。我认识的人，正在渐渐老去，面容模糊起来。

西东村是一个不大不小两千多人口的村庄，如果三五棵枣树和一棵杏树不算果树的话，那村庄里没有任何果树。也就是说，我在十岁之前几乎没有吃过任何水果。当然如果西红柿算水果的话，倒是吃过三五个。一次见一个小伙伴拿一个西红柿当水果吃，那个羡慕啊，弄得我一下一下咽口水，直到多年后，想起那个镜头，我的喉头还禁不住动了几下。

村庄里的孩子们不会走，走就是跑，不仅在大街上跑，在小巷里跑，还在近两米高的土墙头上跑，在房顶上跑。那时许多人家房屋相连，不知为啥，我特喜欢在房顶疯跑，有一种小小的居高临下感，一种飞翔感，飞翔感是一种迷人的感觉。

仿佛自己看到了西东村的秘密。

每个人都沉浸在自己所属的人群中，孩子们对大人的事漠不关心，看见大人背着手走过来，撒腿就跑开。大人对孩子们的世界也不屑一顾，正眼不瞧一眼，张口就是去、去，穷孩子，一边去。老人们则唠唠叨叨地说着孩子们不懂的话，更老的人，在阳光下靠着墙根，吸着旱烟，有一搭无一搭地聊天。一句话可重复无数次，一句话问出去了，可以半天没有人搭茬。第二天，同样的场景又来一遍。天黑后，不点灯，坐在黑暗的炕上，一动不动端坐着，心平气和，不吭声。直到夜黑透后，独自悄声睡去。

世界好像与他们无关了一样。

多少年来，能引起我兴趣的就是食物，凡是能吃的，都是我们所向往的。一群孩子们老鼠一样，探头探脑，时刻寻找着食物。地里能找到的食物有限，除了地瓜、玉米之外，就少之又少，尤喜一种叫甜甜根的草，其根细长、白而分节，用小镬头挖出，擦净泥土，放在口中细细咀嚼，实在是一种美味。无论在大街跑还是田间找吃的，跟在身边经常都是几只土狗，比我们更快地来来回回跑着。活着并不知道为啥活着，我们只为自己并不明白的长大而活着。

要过年了，天冷得滴水成冰，但夜晚却亮了起来，家家户户在自家的神圣帖前点上了红色的小蜡烛，红红的小火苗照着红色的神圣帖，我们小心翼翼地兴奋着，从这家跑到那家，说着我们并不擅长的吉利话。

突然，感觉诸神在上，万物有灵。